梁科慶

夜里香

Q版特

Q版特工 41　柒里香
作者／梁科慶
策劃編輯／賴百樂
協力編輯／卓希雪
美術設計／陳詩韻
插圖／右貓
出版發行／突破出版社
香港沙田亞公角山路 33 號突破青年村
電話：2632 0000　傳真：2632 0388
電郵：breakthrough@breakthrough.org.hk
網址：http://www.breakthrough.org.hk
http://www.btproduct.com
承印／海洋印務
2022 年 10 月初版 1 刷

Ah Wing, the Secret Agent 41: Secret Recipe
by Leung For-hing
First Printing, First Edition, October 2022

Printed in Hong Kong
ISBN 978-988-8562-67-1

本書經文取自《新標點和合本》，版權為香港聖經公會所有，承蒙允准採用，特此鳴謝。

誠邀閣下就突破出版社的書籍發表意見

歡迎加入突破書籍 Facebook page — http://www.facebook.com/btbooks.page

本書採用環保油墨印刷

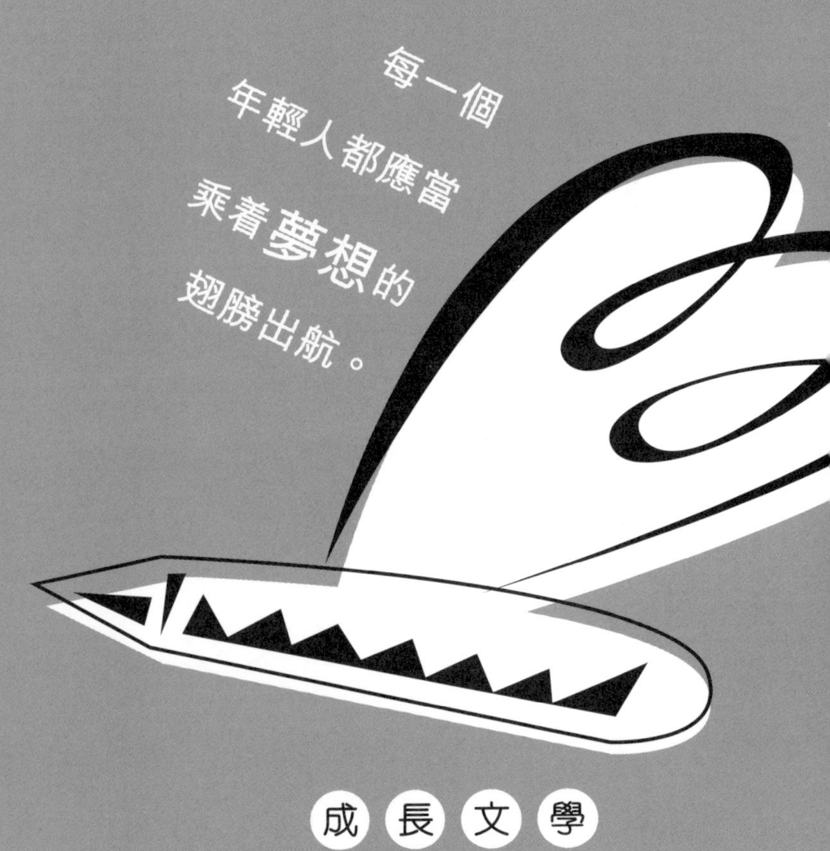

成長文學

目錄

序：最貼地的特工，最貼世情的作者

殷培基（《爆籃》系列作者）

年前收到科慶兄的邀請，為他的長篇連載小說《Q版特工41　柒里香》寫序，作為後輩的我實在驚喜。我一直認為，獲得作者邀寫序言是一份榮譽，是作者給予你的肯定和認同，故此我一收到這次邀約，二話不說便爽快答應。

我和科慶兄相交都有十年以上的日子，緣來奇妙，自從前辦學界「全港微型小說比賽」，到後來在公共圖書館和文學月會的合作，以至在同一間出版社出版作品，兩個喜歡寫小說的「佬」，就成了文學上的知交。記得幾年前，他為我的《怪病》寫序，那時我頗受感動，當中他提到在中學學界書寫暗黑小說，是該還是不該？他給予了肯定的答案，肯定了在下作品的價值，在此也借這次機會跟科慶兄道謝。

提到小說創作，相信《Q版特工》來到第四十一本，已經是青少年文學作品的傳奇，特工阿Wing陪伴了許多人成長，從小學到中學，很多青少年都在特工身上學到不少，「過癮」、「爽」、「刺激」、「追看性高」，是我聽過同學們講得最多的評價，而這又不禁提點着我，對啊！我的小說有沒有像《Q版特工》般，帶給讀者這樣的感覺？於是，《Q版特工》成了我的參考，成了我的指標，我也希望讀我小說的讀者，也有「爽」、「刺激」、「追看性高」的感覺。好幾年前，我讀過好幾本《Q版特工》，以專業作者的眼光抽絲剝繭，從中偷師，學習寫故事的節奏、寫人物、場景的佈置。

來到今次的最新力作，再次給我學習的機會——主非主，副非副。這是小說情節給我的驚喜——主線講述阿Wing追查白靈的下落，卻原來「明主實副」，真正的主線其實是一道台灣民間小吃的烹調秘訣，而當中又有沒有另藏隱喻呢？我是決不能剖析太多，畢竟這篇不是研究論文，再者，讀《Q版特工》最應抱持什麼態度？依我看就是放鬆和享受。享受科慶帶你遊歷台灣，從北到南，從夜市到巷弄，在行文故事裏，都帶有濃濃的地方色彩，故事中描述的夜市攤檔，足以撩起我昔日到台灣旅行的回憶，亦燃起我好想旅行的衝動。曾聽過其他作者論及，科慶兄的《Q版特工》並非一味書寫緊張刺激的特務故事，當中不少文化、史地、時局、世情、人文關懷蘊含其中，所言不虛，貼地至極，還望讀者們一一細味。

作為一名創作者、寫作人，深信小說創作必能反映時代，一代人的價值觀、一代人的精神面貌、一代人的生活態度，許多時候都透過故事人物、場景、情節，呈現作者想突出的命題，想與讀者作出深度的交流，想給予讀者一些品德情意的啟發，尤其青少年文學作品，在少年人的成長階段中，建立正確的價值觀十分重要，但不要說教，也不應說教，只透過故事激發思考，最後有所得着與否，就非作者所能顧及了。然而，青少年文學的作者有一定的文學責任，導引他們在正確的路上走。好像今集提到「執著」以至「執迷」，正好給予讀者反思的空間，可能大家不禁會問：「故事中的某個角色，這樣做值得嗎？」如果你有所觸動，就不妨冷靜思考一下，「值得與否」已是「執與破執」的關鍵。

然而，如果說到「特務故事」，我會比較貪心，希望特工阿Wing能滿足一下我追求的官能刺激，加多兩場跟蹤、兩場追逐、兩場激鬥，結局來個白靈現身然後突然消失，或許會更過癮。當然，因為我從小都是007電影系列的捧場客，又是古龍先生小說筆下楚留香的粉絲，自然渴求更多，有幸獲邀寫序，便乘機跟作者提出要求，盼望科慶兄快點動筆創作《Q版特工》第四十二集，在下引頸以待。

1 尋找白靈

阿 wing 遠赴台灣追捕通緝犯，穿梭夜市、居酒屋等地……

1

雙人牀貼窗而置，優點是增加室內的空間感，感覺上讓客房寬敞一些，但實際上房間面積仍是8.2坪，如果兩人入住，在睡牀右側靠牆而臥的人，上、下牀都不方便。我一人暫住，只求三餐一宿，寬敞不寬敞並非首要考慮。

拾起其中一個枕頭，拋到固定玻璃窗前面，然後跳上窗台坐定，曲起雙腿，肩膀靠着枕頭，斜斜的瞧着七個樓層以下的馬路。那是一條三線行車的單程路，下班時分，交通繁忙，車流甚密。大約四十米後便是十字路口，司機把車開到交通燈之前，必須選定下一段路的行車線，是直走、轉左抑或轉右，這四十米是切線的最後機會。眼下，指揮燈閃個不停，找到空位的司機三扒兩撥把車切入旁邊的行車線，找不到空位的，就只好安安分分地等候機會，不能魯莽切線。亂中見序，忙而不錯，這就是規則，一旦他們當中有人違規，便會出事。

遵守規則，活在文明社會裏，人人有責；然而，世界之大，人口之多，違規的，大有人在，此時此地，就有一個。

豎立對街小廣場上的五面旗幟搖曳不定，旗桿底下聚集了大羣野鴿，每當路人走近，毫不受驚的鴿羣勉為其難地橫移後退，為人類讓出狹窄的通道，不過，路人大都繞道而行，或為免誤踏新鮮的鴿糞吧。

觀察了一陣街景和野鴿，我把焦點放回玻璃窗，單膝跪在窗台上，用一點力，推開固定玻璃窗左上方的小氣窗，聽見喧囂的車聲，透進陣陣涼風，帶來點點秋意。掛在一旁彷彿垂頭喪氣的窗簾，被灌進的秋風吹得嗒嗒作響，新鮮氣息為房內的悶氣沉沉平添不少生氣。

推開旅館的氣窗，不算不守規則，若從氣窗爬出去，就肯定違規了。

我揀選這間旅館唯一的原因就是這扇氣窗。

氣窗雖然狹小，但一個身體正常發育的小學生不難穿過，這種狀況，我不會苛責為安全漏洞或防疫漏洞，因為父母把小孩獨留房內，兼且又有能力攀上氣窗的，機會畢竟微乎其微，而當年的建築師及現時的旅館老闆萬萬料不到，今天有個練過柔身術又略有小成的武林高手入住，還計劃今晚利用這扇氣窗溜出旅館。

我把氣窗推開至最盡，大略估量尺寸空間，不吃晚餐穿過不成問題。

高樓某處傳來神秘的聒噪鳥叫，叫的可能是烏鴉，位置可能是天台，還沒亮燈的旅館霓虹招牌阻擋視線，我好奇探頭仍看不見牠是什麼、在哪裏，只見頭頂暗藍的天空，混染着夕陽晚照的姹紫嫣紅。

「嘟——」

放在牀頭几的手提電話發出一聲收到短訊的通知。

我離開窗台，跨過散落牀上的各式零食，仍不小心踩扁一包外科口罩，跳下牀，拿起手提電話察看。旅館職員透過通訊軟件 Line 傳來一則短訊：

晚安，您好，晚餐已送達囉，麻煩享用完晚餐後量體溫回傳，感謝。

回望窗外，天色還沒黑齊，街燈還沒放亮，早到的晚餐或許是一份貼心，顧念我在航機上不敢除下口罩吃喝，此刻剛巧肚子「咕咕」抗議。

十幾分鐘前似乎看見茶几上有根探熱針，現在要使用時卻不見，不花時間找了，隨意回覆「體溫 35.5 度」，便拉開房門。

擱在門口的木櫈上，擺着一份盒蓋沾了少許醬油漬的便當、一個紫紅色的熟透蓮霧。左右兩旁的房門口也是這樣，我顯然自作多情，旅館職員並非對我特別貼心，而是兩地生活習慣不同，台北的晚餐時間較香港的為早。遲疑了一陣，門框的感應器響起逾時訊號，提醒我儘快關門，要乖乖留在房間裏。為免引起職員關注，我瞥一眼天花板的 CCTV 鏡頭，拿了食物，便退回房內。

紙盒便當透出肉香和飯熱，我忍住饑餓與好奇，不敢打開，一旦打開，說不定忍不住吃它一口，開始第一口必有第二口，一發不可收拾。唯有把它放在浴室裏，掩上門，敬而遠之。

為了穿過這扇小氣窗，出發前我已斷食三天，再加節食一星期，不能因一時貪吃而功虧一簣，萬一今晚卡在窗框之間，進退不得，動彈不能，誰來救我？

好不容易放下便當，旅館職員又傳來短訊繼續施加折磨：

哈囉，您好，以下為明日中午及晚上的菜單，待您選擇好後再麻煩您回傳。午餐：1. 米蘭香料嫩煎雞胸；2. 佛羅倫斯茄汁鯛魚；3. 米蘭雞＋青醬蝦。晚餐：1. 嚴選牛腱牛心牛肉麪；2. 清燉牛肉麪；3. 私房炸蝦麪。

我「咕」的吞下一口口水，硬生生的把肚子的「抗議聲音」鎮壓下去，再把手提電話調為靜音，扔在牀上，壓在一包杯麪底下，拒絕外部勢力挑釁，堅決反對外界引誘。

奈何滿牀都是杯麪、餅乾、巧克力、薯片、蝦條，我實在忍無可忍，於是狠起心腸，清理內部煽惑，一口氣把它們統統收回環保袋內，還將手挽在袋口打個死結，堆疊在牆角的瓦楞紙箱頂。最初進房時，這袋零食本來放在環保袋內，好

端端的放在牀上，我好奇，打開瞧瞧，好奇害死貓，後悔了一個下午。

說起來，那個下午真箇「禍不單行」，還沒處理好零食問題，有個自稱里長的男人來電，噓寒問暖一番，令我有點受寵若驚，他問明我的房號後不久，使人送來的就是那個瓦楞紙箱，我揭開少許箱蓋，又是零食，那趟我學乖了，把紙箱搬到牆角，不敢再碰。

人活着不是單靠食物，我趕緊撇開跟零食的糾纏，收拾心情，預備今晚的行動。

首先，掀開行李喼，取出旅行裝電風筒，我知道，我知道，旅館已有電風筒提供，而且我習慣洗頭後自然風乾，多帶一個電風筒豈不多此一舉？

當然不是。

因為這是一個多功能電鑽電批，偽裝成電風筒模樣，是為避過海關檢查。

我拆除偽裝的風筒噴咀，露出電批裝置，拔走前端的保護膠，套上螺絲起子，再跳上窗台，用電批旋退裝嵌氣窗的四枚螺絲，打算把整個氣窗拆除，想到待會抵達夜市，美食滿街，我餓腸轆轆，怎能不吃？確保有足夠空間讓我鑽回房內，拆掉氣窗就萬無一失，反正旅館職員不會進房清潔和檢查，一星期後完成檢疫，退房前把氣窗裝回原位，就神不知鬼不覺。

拆窗非常順利，只產生輕微而短暫的噪音，沒惹起鄰房旅客的懷疑或投訴。

太陽甫下山，天色迅速由暗轉黑。

街燈、霓虹燈陸續亮起。

繁忙時段一過，樓下的車流大減，我看看腕錶，時間差不多了，便戴回口罩，畢竟是個「檢疫人士」，戴上外科口罩外出是具公德心的表現。不過，想一下，還是把口罩除掉，既然人在台灣，應該試用「土產」，於是重新解開環保袋，找出那包旅館贈送、被我踩扁沒踩爛的口罩，揀了一個，戴上，不知是否心理作用，感覺貼面、柔軟、透氣，挺舒適。

戴起台灣口罩，不禁想起2020年初的香港。

2020年1月22日，COVID-19首宗確診個案由一個乘高鐵從武漢經深圳抵港的內地男子「輸入」，掀開疫症第一波的序幕，接連引發感染，蔓延社區。當時，香港毫無防範和準備，市面上，口罩、消毒液等防疫物資瞬間被搶購一空，變得嚴重短缺，市民冒寒通宵排隊購口罩，苦等六、七小時仍一罩難求，各種荒謬層出不窮，可悲的有清潔工人重用口罩，可怕的是網上有人教導市民清蒸消毒口罩，可惡的有藥房抬高價六十元一個口罩。

總之，2020年的香港口罩問題真的不能想起，一想起就滿腹牢騷，十日十夜也罵不完。

戴妥口罩，携了另一個沒下載官方防疫App的手提電話，穿上攀爬手套和攀岩運動鞋。待會鑽出氣窗後仍要游牆攀爬，基本裝備不可或缺。

熄掉房間的電燈，跳回窗台上，手按窗框，慢慢調整呼吸，鬆沉身體，達致內鬆外柔的狀態。其實，柔身術類近縮骨功，修習的人都能做出不可思議的屈伸動作，進入或穿過狹小的空間。所不同的是，縮骨功的訣竅是關節脫臼，縮骨高手的關節可隨意鬆脫、復合，故能作出各種古怪的身體彎曲、摺疊、扭轉，但練習時要承受脫臼的痛楚，我怕痛，所以練不來。至於柔身術，原理是鍛煉肌肉的柔韌度，在不改變關節的情況下，伸展關節的互動範圍。這門功夫是我修習「八卦柔身掌」的意外收穫。有一天，我如常練習套路，不停扭動身體、轉變身形，由內而外的催生勁力，察覺「連環折疊，勁尖轉換」時，前攻手似乎隨勁增長，觸及前方本來不達的位置，於是請教前輩高人，翻查武學典籍，才明白原來上乘的柔身猶如蟲身，勁之所至，身體能誇張地屈縮、伸延，有趣之極。興之所至，我不務正業，擱置掌法，鑽研柔身術，想不到今晚大派用場，像蟲子一般，一頭鑽進狹小的氣窗，偷出檢疫旅館，再借助外牆的污水管攀爬而下，落到地面，在街角截停一輛計程車。

「南機場夜市。」

「是。」計程車司機開車。我登車時，他才戴回口罩。

我不介意。

真實的數字不騙人，台灣的 COVID-19 確診個案一直極低，由 2020 年 1 月至現在的 11 月，除了 3 月 5 日最高達二十宗新個案，大半年來長期處於零確診，實在值得台灣人自豪。

轉入重慶南路後，計程車第一次跳錶，跳錶次數越多，付的車資也越發增多，跟目的地的距離則拉近，世上沒免費午餐，要達到目的，就要等價付出。台灣居民能在長期零感染的社區不戴口罩，是官民努力、嚴謹防疫換來的成果。就以計程車為例，我今午從機場進入市區唯一的交通工具只得防疫計程車，登車前，全身保護衣的司機大叔仔細地為我和行李噴灑消毒液，就連鞋底也不放過，沒一處遺漏。

重慶南路是條寬闊的大直路，交通順暢，經過總統府、司法院、台北地方法院等地標建築後，計程車由三線行車的路段右轉駛入雙線單程的南海路。

撇開台灣，即使同屬中國特別行政區的澳門，政府實施「封關」做得又快又準，短時間內有效堵截病毒傳入，自2020年1月22日澳門出現第一宗輸入個案，至11月累計四十六宗，沒本土病例的日子長達一百零三天，確是一項驕人的成績。

「到了。」計程車司機在馬路對面停車。

南機場夜市的牌樓屹立車窗外面。牌樓設計簡約，一座大約兩層樓高的拱形金屬支架橫跨路口，光燦燦的霓虹燈管映照插在架頂的大小旗幟，隨風飄揚，牌樓下是一條行人專用的長街，兩旁攤檔林立，五顏六色的燈箱招牌高低橫直：山內雞肉、筒仔米糕、松青潤餅、八棟圓仔湯、芋頭大王、阿男痲油雞等等，反映食物的多元多樣。街口泊滿機車，攤檔前排着長短不一的顧客隊伍。

我付錢下車。

相比士林、饒河街等觀光夜市，南機場的規模較小，沒捷運直達，遊客也較少，風格更道地，沒一般觀光夜市的陋習：攤檔重複、格價過高、衞生欠佳。

我在車隙之間急步橫過馬路，來到牌樓底下。

一個小女孩坐在停泊的機車上，津津有味地小口小口的吃着熱呼呼的長燒餅，父親模樣的男人靠在車前一面抽煙，一面用我聽不懂的台語大聲談電話，小女孩則一面咀嚼燒餅，一面看着行人道上兩個年紀比她大四、五歲的男孩玩拋接球，男孩各有一杯黑糖珍珠奶茶，用沒拿飲料的手玩球，把球拋出去後，便啜一口奶茶，非常有效率、有節奏。

穿過牌樓，繞過等候「山內雞肉飯」的人龍，注意到「芋頭大王」店前的輪候隊末一雙互相倚偎的年輕戀人，他們喜孜孜地商量吃哪一款冰花，甜點還沒到肚，心頭已經甜絲絲，不知羨煞幾許旁人？店內座位不夠，有個男人乾脆捧着粉粿、芋圓、綠豆、花生堆成小山的大碗公冰站在路邊大口大口把「冰山」攻陷。麻油雞的人龍更長，龍尾擺進攤檔旁的巷子裏深不見底；臭豆腐的獨特氣味不斷從高疊的蒸籠溢出，「逐臭」的食客趨之若鶩；蚵嗲攤檔的油鍋前面疊滿各式炸物，香噴噴、油亮亮、金黃黃，教人食指大動。

我實在忍無可忍，加快腳步，在人流之間穿插而上，終於在街尾找到那沒名號卻沒人不曉的老夫婦推車燒餅，丈夫站在炭火烤爐旁製作手工燒餅，妻子負責賣餅收錢。我排在一個只顧低頭玩手機的少年後面，等了四分鐘，買了一個古早味紅豆餡酥餅，吃一口，熱騰騰的，外皮酥脆，餡料甜度適中，可口而不膩。

果然不負此行。

請別誤會，我的腦子沒灌水，山長水遠冒着感染 COVID-19 的風險乘飛機來台灣，又冒着墮樓的風險偷出檢疫旅館，當然不是為了吃燒餅。吃燒餅只是順道的假公濟私。

我夜訪南機場夜市，是專程尋找一個叫荷姐的女人，她在這兒賣「七里香」。

荷姐是誰？

她是白靈在台灣少有的朋友。

白靈又是誰？

她是一名通緝犯，至少涉及三宗命案，其中一名死者於倫敦被殺，白靈把死者的衣服脫光，扔落泰晤士河，成死因有可疑的浮屍，也成為「國際事件」，引來國際刑警插手。我最後見到白靈是在去年8月底香港的港鐵站內，她擺脫我的追捕，遁去無蹤。最近，情報顯示，白靈潛逃台灣。辦案緝凶，可與國際刑警合作則合作，若不可合作，就變成競爭，我要在白靈落入國際刑警手中之前，搶先一步找到她。形格勢禁，我需低調行事，由於低調，不能驚動台灣警方和國際刑警，便依照正常程序，在防疫期間透過「商務履約」方式入境。

我要從賣「七里香」的荷姐入手，探聽白靈的下落。

「七里香」即雞屁股串燒，雖是不少老饕的美食，但看見那塊三角形的肥肉，我就一點食慾也沒有，除了排便，雞的那部位含有大量淋巴組織，特別是尾脂腺、腔上囊，不僅存着一股濃烈的腥味，而且暗藏病毒、細菌，有些品種連高溫也殺不掉，根本不宜食用。不過，中國民間食譜有句老話「寧捨金山，不捨雞尖」，雞尖即雞屁股，從食材的角度，其賣點是沒骨、肥美、嫩滑、鮮香，吃法很多，如油炸、火烤、乾煎等，各具特色。

荷姐若徹底把雞屁股的腺體切除，清洗乾淨，再加入醃料調味，可化腐朽為神奇，把本來丟進垃圾桶的東西變作夜市美食。然而，我對雞屁股真的一點食慾也提不起來，不但沒食慾，多看幾眼更覺倒胃，影響所及，燒餅已吃不下了，但這夜市唯一賣雞屁股串燒的攤檔就在眼前，我找荷姐打聽白靈的去向，雞屁股無可避免不看，唯有盡量不看。

荷姐正忙着炮製炭烤雞屁股。

在她的手底下，漲卜卜的三角形雞屁股一串串、一排排的平放在金屬烤架上。不知是否物似主人形？還是倒胃影響視覺觀感？驟眼看來，荷姐的臉形有點像一個倒轉的雞屁股，而她的一頭鬈髮，亂得像雞尾毛……

不，我要控制思想，不能任意聯想下去，否則我會吐。

我閉上眼，深呼吸幾下，覺得可以了，才敢張開眼睛，鼓起勇氣走過去。

荷姐剛用摸過雞屁股的指頭扶正從鼻樑下滑的方形幼框眼鏡，兼擦擦臉。塑膠鏡框和臉頰各留下一抹油光。她渾然不覺，只專心地逐一將雞屁股串翻轉，又逐一鬆上薄薄的一層醬汁，讓每顆雞屁股均勻受火，烤得更滋味。

「要多少串？辣還是不辣？」荷姐身旁的黑瘦漢子陰聲細氣地問我。

夜市的攤檔分工，通常男的負責製作食品，女的負責售賣收錢，但荷姐這檔剛巧相反。

黑瘦漢子身穿「雞翼袖」T恤，露出一雙瘦得像皮包骨的手臂，目光游移，雙手不住微微發抖，像美國的拜登，不過他遠較拜登年輕，不會是老人癡呆，看他的嘴唇發黑，手抖多半受藥物影響。

「我不是想買雞……七里香，我有事請教荷姐。」

「要多少串？辣還是不辣？」黑瘦漢子不再管我，轉而招呼排在我身後的小胖子。

「不好意思，荷姐……」

「要多少串？辣還是不辣？」荷姐沒抬頭看我一眼，只專心地烤炙雞屁股。

「荷姐，是這樣的，我是白靈的朋友，想向你打聽她的下落。」

「我這兒只賣七里香，尋人，去徵信社吧。」

「明白，我要一串，不辣的。」

「三十五塊。」黑瘦漢子遞來一串五顆外皮油亮帶焦的烤雞屁股。

我付他四個拾圓硬幣，接過那串肥肉，用兩根指頭拈着，再問：「荷姐，請問你有沒有白靈的地址或電話號碼？」

黑瘦漢子找贖回一個伍圓硬幣。

「我的七里香是賣給客人吃的，並非收藏品或紀念品。」荷姐抬頭瞟我一眼，目光陰鷙，右臉像抽搐一般的牽扯嘴角，流露一絲冷笑。

「我……吃……」我感到冷汗涔涔的從額頭冒出，偷看一眼手上的雞屁股，內心發毛，倒胃的不適更加強烈，真的要吃下肚嗎？

「吃不慣？加點辣醬吧。」黑瘦漢子咧嘴笑道，他剛賣了一串加辣的給小胖子。

小胖子左手拿着雞屁股串燒，右手抓着手機，色迷迷地欣賞屏幕上的「雞排妹」艷照，完全無視我站在旁邊，一個轉身就直撞我的胸膛，雞屁股串燒上的辣醬差點弄污我的衣服。

「喂，走路帶眼呀！」我使點勁推開他，他連退兩步，退到炸雞排攤檔前才站穩。

「你推什麼？好狗不攔路，呸！」小胖子不服氣，氣沖沖的逼步回來，卻不敢向我動手，便拿雞屁股出氣，狠狠地咬吃一顆，大力咀嚼，肥油和醬汁從他的嘴角濺出，直濺到我身上，距離太近，避無可避。

「你們要吵要打，就到那邊的巷弄，不要妨礙我們做生意。」賣炸雞排的大叔斥喝道。

我瞥一眼大叔和他的雞排攤檔，然後指着身上的醬汁污漬，跟小胖子理論：

「我不跟你吵，你弄污我的衣服，你賠償洗衣費就是。」

「笑話！我拿着七里香，你也拿着七里香，醬汁一模一樣，你如何證明是我弄污你？說不定是你笨手笨腳把自己弄污。」一如所料，他強詞奪理。

「你分明抵賴。」我作勢再推他。

「你敢再動手推我，我就……」

「我推你，你拿我怎樣？」我看準方位，動手之際，夾在指間的伍圓硬幣乘亂彈出，「咻」的在小胖子耳邊掠過，「啪」的打穿炸雞排的燈箱招牌，招牌爆濺火花，隨即熄滅，嚇得周遭的人爭相避開，一時雞飛狗走。小胖子的反應恰恰相反，卻是呆若木雞。我正中下懷，就在燈箱熄滅、環境變暗的一剎那，趁他不覺，偷龍轉鳳，像變魔術一般，取去小胖子手上缺了一顆的雞屁股串燒，同時把我那五顆不缺的塞回他的手中。

「搞什麼？好端端怎會壞了？」賣炸雞排的大叔大為詫異。

「燈箱老舊，出點小意外，沒事了。」旁邊的攤販說道。

「沒人受傷，大家都平安。」其他攤販也紛紛附和，力圖平息不安，「大家繼續逛，繼續吃。」

燈箱毀壞後，再沒「後續」，路人冷靜下來，認同是意外，並非「恐襲」，開始恢復走動，夜市很快回復熱鬧。

「虛驚一場，一場誤會。」我和氣地拍拍小胖子的肩頭。

小胖子驚魂甫定，見我不再挑釁他，也無意計較，再吃一顆雞屁股定驚，逕自走開，繼續欣賞「雞排妹」的艷照，沒在意手上的雞屁股串燒是五顆還是四顆，只是嘟囔「不夠辣……裙子不夠短……」

我轉身回到荷姐跟前，假裝閉口咀嚼，晃動手上缺了一塊的雞屁股串燒，點頭讚道：「好吃。」

「好吃就多吃一串吧，賣一送一，我請客。」黑瘦漢子有意無意的落井下石，遞上另一串。

「你們明碼實價做生意，我不敢佔小便宜，嘻嘻……」

「你不要，即是不給荷姐面子。」

「不敢……我要……慢慢品嚐……」我勉為其難，又接一串雞屁股。

荷姐不答腔，也不瞧我。

「荷姐，請問白靈在哪兒？」

「我不認識白靈。」荷姐低頭盯着烤爐的炭火，冷冷地回答。

「嗄？」我大感錯愕，她不認識白靈，難道情報出錯？抑或她有所隱瞞？

「小耳朵！」荷姐解下圍裙。

「是！」黑瘦漢子應道。

「今晚到此為止，我先回去，你賣光餘下的七里香便可收檔。」

「這麼早收檔？」

「沒心情，不想幹活。」荷姐把圍裙對疊又對疊，塞進一個草綠色繡着彩虹圖案的掛肩環保袋裏，接着拿乾布抹淨雙手，孭起環保袋，轉身離去，沒再瞧我半眼。

「等一下……」

「別追了。」小耳朵拉住我，低聲道：「荷姐的脾氣又臭又硬，不管你如何追、如何問，她不說就是不說。」

「言下之意，她認識白靈？她為什麼說謊？」我反問他。小耳朵的名字好怪，我不期然瞄一眼他的一雙耳朵，又尖又小，如果電影《星空奇遇記》想搞點新意思，找個華人扮演火神星人洗樸，可以找他試鏡。

「要多少串？辣還是不辣？」小耳朵招呼另一個前來光顧的男人。

「五串，辣的。」那人舉起五根指頭。

「特別優惠，買五送一，收你一百七十五塊。」小耳朵把六串雞屁股放進紙袋裏，遞給那人，收了錢，說聲「謝謝」，轉頭問我：「怎樣調包的？」

「什麼？」

小耳朵從我手上取去一串四塊的雞屁股，咬下一塊，語氣像老師逮到「出貓」學生一般，說：「我賣給你的沒加辣，現在變成辣的，這串，其實是我賣給小胖子的。憑我多年賣七里香的經驗，就算不試吃，一眼就認出哪串辣、哪串不辣，雖不知你用什麼掩眼法，但瞞不過老子的一雙法眼。」

「給你發現了。」我搔搔後腦杓，「也不是什麼特別方法，小胖子只顧看手機，心不在焉，才讓我有機可乘。」

「然則，你沒吃過七里香？那，一定要嚐一口，包保你愛上它……」

「不了，言歸正傳吧。你剛才的意思是荷姐認識白靈，對嗎？」

「我不肯定。」

「何解？」

「荷姐很少朋友，幾乎沒社交，晚晚開檔，風雨不改，大半年前，有兩個陌生的女人來找她，一老一嫩，聽兩人的口音跟你一樣，都是香港人，嫩的那個依稀名叫什麼靈。」

「她是不是眼睛大大、睫毛濃長、五官端整、髮型浪鬆、表情不爽不屑、説話時調子懶洋洋？」

「沒錯。」

「荷姐果然有所隱瞞。」

「最不尋常的是，荷姐像今晚一樣，臨時提早收檔，不知跟那兩個女人去了哪裏？翌日更通知我休業三天，說要回鄉辦事，害我平白放休假三天，損失三天工資。」

「荷姐的鄉下在哪？」

「聽說在南部。」

「南部的範圍很廣啊。」

「撇除北部、中部、東部、西部，範圍已大幅收窄。」

「Okay，感謝你的幫忙，但你為什麼願意告訴我這些資料？你不知我是好人壞人？有何目的？」

「我覺得你不似壞人。」小耳朵開始執拾，準備收檔，「現在疫情嚴峻，你冒受感染的風險，乘飛機遠道而來，背後一定有很重要的理由，不告訴你，我過意不去；然而，我所知有限，資料沒頭沒尾，根本稱不上幫忙。」

「荷姐住在台北什麼地方？我始終要找她談一談。」

「說出來你不會相信，我真的不知道她的住址，怎說好呢……」小耳朵放下手上的雜物，似乎努力尋找合適的詞彙，「我只是替荷姐打工。荷姐屬於那種自負的人，她雖沒說，但我感到她並不甘於在夜市當一個攤販，而我這個替攤販打工的，她更加瞧不起，從不向我透露私事，包括住址。」

「那麼，我如何找到她？抑或明晚再來？」

「唔，這樣吧，這時間，你嘗試去街口的居酒屋碰碰運氣。她習慣收檔後在那兒喝一杯才回家休息。」

「我這就過去。」

「對啦，老兄，聊了這麼久，還沒請教。」

「我叫阿Wing。」

「好，我多送你一個有用的內幕tips，趁荷姐還未知道你的名字，你有機會自我介紹時，告訴荷姐你叫阿裘，或者同音的阿球。」

「為什麼我要改名？」

「就我觀察，荷姐對叫阿裘的人特別有好感，你名叫阿裘，說不定她願意跟你配合。」

「是嗎？真古怪……」我半信半疑，「我先找她，再見。」

「祝你好運。」

小耳朵表面上十分合作，但人心叵測，我相信相由心生，而五官之中，眼睛最易洩露心事，小耳朵那游移不定的目光，最令我對他有所保留，他心裏打什麼主意，我無從查考。不過，也可能是我多心，他從頭到尾只想幫忙，我卻把簡單的動機複雜化，即使他天生蛇頭鼠眼，基於人權平等的原則，我不能以貌取人，因此而懷疑他。總之，不管怎樣，小耳朵並非關鍵人物，不必費心在他身上，直接找荷姐問個明白最為實際。

小耳朵所指的居酒屋就在夜市街口的斜對面，格局仿似日劇《深夜食堂》，方形的胡桃木吧枱圍着開放式廚房，三面都坐滿客人，不同的是，這店的面積較大，左右兩側各有三張《深夜食堂》中所無的卡座。

居酒屋的客人主要集中於吧枱，從衣着推想，大都是街坊熟客、攤販行家，他們一面喝酒，一面高談闊論，把夜市的熱鬧帶進店內。老闆看似認識每一個客人，有一句沒一句的跟他們搭訕。百忙中，老闆注意到我進來，我雖是首次光顧，他仍以熟落的口吻招呼：「歡迎光臨，一位是嗎？這邊坐，這邊熱鬧。」

老闆所指的「這邊」是吧枱的右側，右側的客人聞言，自覺地搬椅挪杯，彼此坐擠一些，為我騰出一個空位。我掃視一周，不見荷姐，便問：「不好意思，老闆，請問見不見賣七里香的荷姐？」

其他客人不約而同地閉口，紛紛打量我，居酒屋登時變得鴉雀無聲，彷彿我這個陌生人一進門就掃光大家的酒興。

「荷姐嗎？」老闆愕了一下，伸長脖子，看一眼左邊牆角的沒人卡座，聳聳肩，道：「她今晚沒來。」

客人開始交頭接耳，我被他們瞧得有點尷尬，如果這一刻離開居酒屋，就變得更尷尬，唯有坐下，點了啤酒、串燒牛柳粒、天婦羅炸蝦。

「你是荷姐的朋友嗎？」身旁的阿姨首先按捺不住。

「她是我的朋友的朋友。我今晚跟她第一次見面，剛才在夜市只談了兩句。」我盡量小心措詞。

「請先飲酒，料理隨後送上。」老闆放下一杯啤酒，搓手笑道：「哈哈，老弟，你知道嗎？荷姐在夜市開檔超過十年，我在此開業也超過十年，她是小店的常客，然而，除了點餐和結帳，這些年來，我跟她交談不超過十句。」

「她平常坐在那個角落？」

「對，遠離羣眾，自斟獨酌。」

「老闆，我比你多。」坐在對面的大叔呷一口燒酒，「我跟她交談超過十句，但不到二十句，可說比你幸運呀！哈哈……」

「性格如此孤僻的人，確是罕見。」在座唯一穿花恤衫的男人歎道。

「豈止孤僻，荷姐的脾氣簡直是超臭呢！」大叔放下酒杯，繼續侃侃而談，「就我眼見，替她打工的，都受不住氣，都做不長久，現在這個小耳朵做了兩年多，算是最長的一個。」

「咗！她才不孤僻，你們沒見過，我就見過了。」坐在大叔斜對面蓄八字鬍的漢子道。

「你見過她作什麼？」身旁的阿姨一臉「八卦」，其他人也閉口豎耳。

「幾個月前，荷姐不是連續休業三天嗎？就在她休業的頭一天，我往台北車站地下街的誠品百貨去買東西，剛巧給我在車站遇見她，當時她沒看見我，她與兩個女性朋友乘火車南下，跟其中一個較年輕的有說有笑，不知多開朗，相比夜市的荷姐，簡直判若兩人。她在夜市不苟言笑，其實，她是瞧不起我們當攤販的。正所謂相由心生，光是她的一雙丹鳳三角眼，就打從心底裏瞧不起凡夫俗子。」

「你把我搞糊塗了，她本人不就是攤販嗎？怎會瞧不起攤販？」恤衫男揉摸下巴的鬚根。

「你有所不知了，聽人說，荷姐在南部的鄉下出生、長大，呱呱落地時正值荷花吐艷，父母便喚她作荷。殊不知人如其名，性格像荷花一樣孤芳自賞，唸書時年年考第一，心高氣傲，熟讀三毛、瓊瑤、張曼娟，立志入讀台大中文系，畢業後拿獎學金到美國升學，將來當一個學者作家。」

「沒錯，我也聽過類似的傳聞，試想，她怎會甘心在夜市當攤販，售賣七里香呢？」老闆搭訕。

「傳聞不可信。就着你們所説，荷姐少有大志，又有學業佳績，如今卻不放洋留學，屈就在夜市幹粗活？不合邏輯。」坐近門口的禿頭漢反駁。

「我還沒説完，你們靜心聽我説。荷姐中學畢業後，一心升讀台大，她怎也沒料到鄉村學校的學業水平，跟市區學校相差太遠，又沒有補習班輔助，她在鄉村學校年年考第一，只是夜郎自大，連續報考三年，都名落孫山。她不甘心退而求其次，入讀排名遠低的小型大學。後來她甚至離開老家，跑到台北尋找門路進入台大的門牆，當然不成功，又沒顏面回鄉，結果滯留台北，山窮水盡之際，遇上一個賣七里香的老伯伯，收留她，後來她繼承老伯伯的衣缽。」漢子輕捋唇上的八字鬍，「説真的，荷姐烤製的七里香非常好吃，她不僅盡得老伯伯的真傳，更把七里香發揚光大，產品與別不同。」

「同意，不腥不臭，外皮焦香，肉嫩爽滑。」恤衫男撫掌附和。

「唏！你就不懂吃了，這些僅是七里香的基本要求，達不到的，根本就不及格。荷姐弄的，別有風味。台灣由南到北在夜市賣七里香的行家，大有人在，我統統吃過，我敢説，沒有一檔的味道及得上荷姐的，她應該手執一份獨門的調味秘方。咦？禿頭佬，你眼怔怔的，不相信嗎？」

「不是不相信，只是無從確認，因我從沒吃過七里香。」

「坐言起行，現在跑去光顧荷姐，買幾串回來下酒，保證你一吃停不了。」

「不了，雞屁股，看見就噁心，不管你形容得如何天花亂墜，吃不下就是吃不下。」

「説的也是。」老闆為我端來熱騰騰的炸蝦和牛肉串燒，「我雖則也是個飲食從業員，但對於弄和吃雞屁股，始終過不了心理關口。」

謝謝老闆為我炮製牛和蝦，我內心感激流涕，儘管廚藝一般，味道普通，賣相不突出，終究是正常的食物，我懷着感恩的心情，把它們吃光。

且邊吃邊聽他們的八卦消息。

他們說來說去，說得最多的關鍵詞是「荷姐」、「雞屁股」或「七里香」，消息來源盡是傳聞、聽人說，至於聽誰說？哪個傳？都沒答案，唯一有用的資料是荷姐在數月前某天陪同一個疑似白靈和另一個不知名的女子乘高鐵南下，去了哪裏或荷姐的鄉下在哪裏，就不得而知。

我喝下最後一口啤酒，輕輕打個嗝，伸個懶腰，便結帳離去。

在街口等了一會，不見計程車。

抬頭，夜色不錯，走走更不錯。

Google Map 顯示最近的捷運站是小南門站，步行時間為十四分鐘，以我的步速，十分鐘可到達，隨即放棄截計程車的念頭，朝着小南門站走去。

大概是心理作用吧，剛才溜出那「受限處所」——檢疫旅館，踏足台北街頭，即感到一份難以言喻的自由，心情舒暢，呼吸清爽，步履輕鬆，現在踏上「歸程」，莫名的失落竟然襲上心頭，心情的落差非常極端。

腳步向前，心卻是一萬個不願意回去。

步出夜市範圍，經過一些不知名的巷弄，曲曲折折的向東北方走去，夜市的喧囂逐漸在背後消逝無蹤。橫過三元街，再橫過和平西路，來到台北植物園門外。植物園已關門，裏面烏燈黑火，寧靜非常，沿着外圍的鐵欄繞園而行，園內飄出花香草香，散發大自然的恬靜和平，隔着鐵欄望進去，隱約看見亭台樓閣、小橋流水，還有寬廣的荷花池，不僅隔絕鬧市的喧囂，似乎就連流動的時間也被鎖定為「夜闌人靜」。

離植物園漸遠，再次深入不知名的巷弄，兩旁盡是低矮的圍牆，牆後是樓高四、五層的住宅民居，路邊除了行道樹生長的位置外，空間全被泊車佔據，我不得不走出路中心。這一帶，住宅低層的陽台和窗戶都加裝粗大的鐵枝，一派刁斗森嚴，相信位處僻靜，小偷的心態取易不取難，戶主不計較房子的外觀，務以保安穩妥為重。

曲曲折折的走過寂靜的小巷，依照Google Map所指示，找到博愛路，小南門站出入口的燈光就在直路盡頭放亮。

看看腕錶，只用了八分鐘，其實我已經放慢腳步，相較台灣人的慢活，仍有一段距離。

那是捷運站的3號出入口，周遭不見一個人影。我步下狹長的階梯，走進冷清的車站，拿出悠遊卡通過驗票口，乘扶手電梯下到月台，月台上乘客疏落，多是隻身一人，全都趁着候車的空檔低頭滑手機。唯一的羣聚是五、六個大學生模樣的年輕人，他們分坐兩張長櫈，突然爆出一陣開懷哄笑，似乎其中一人說了一個令人噴飯的笑話。

站定不久，駛向松山的列車在此時進站，從車窗望進去，車廂不算擁擠，但坐滿夜歸的乘客，空座位所餘無幾。

列車停定。車門打開。下車的人比登車的少。

我站在門邊。列車關門開行。我靠着車門，隔着車窗瞧着緩緩流逝的月台，月台已空無一人，直至列車加速駛出車站的一刹，看見一個黃衣女子佇立月台的最前端……

我驀地一凜。

Wavy Bob 髮型……一頭蓬鬆亂髮……

那人是白靈嗎？

車速太快，看不清楚她的容貌，只憑髮型、身形，難以確定她就是白靈，而且白靈該躲在台灣南部某處鄉下，這個時間站在台北的小南門站月台無所事事，不合情理，那人是她的機會甚微。

人有相似吧？

然而，不弄清楚，我今晚肯定睡不着覺，萬一是她，我豈不是平白錯失一次逮到她的機會？

內心沒太大掙扎，當列車抵達西門站，門一打開，我馬上跳出車廂，奔過月台的另一面，幾乎撞跌一個走得慢的阿姨。反方向開往新店的列車正在關門，我搶先一步，從門隙之間側身竄進車廂裏。

嚇呆一眾乘客。

我連連點頭致歉。

列車再度開行。那女子到底是不是白靈？重返小南門站自有分曉。

回想剛才在月台上奔跑，不期然想起去年8月底的一個晚上，同樣是地鐵月台，地點則在香港。

那晚，我在地鐵站的3、4號月台之間追蹤身穿黃色風衣的白靈，遇上突發事故，職員發出廣播，宣佈列車停駛，呼籲市民立即離開地鐵站，平靜的車站月台頓時混亂一片。就在混亂之中，我被白靈騙倒，追錯目標離開港鐵站，上到路面，才察覺上當。

白靈自此消失……

列車抵達小南門站。

我的思緒由年多前的香港回到現實的台北。

列車停下開門，我步出車廂，放輕腳步，走向對面月台的最前端，不住的留意梯口、柱後、以及任何隱閉地方，白靈此人狡猾得很，一個不留神，非但逮她不成，更反而中伏。

走到剛才那個黃衣女子所站的位置，人去月台靜，黃衣女子已不知去向。

背後，隆隆車響，自遠而近。

另一班開往松山方向的列車駛入月台。

2

順利潛返檢疫旅館，已累透了，痛快地淋個花灑浴，便上牀就寢，不知睡了多久，似乎是躺下不久，隱約聽見手機發出訊息提示，還沒張開眼，已感到陽光刺眼，原來天亮了，旅館職員以短訊告知早餐放在門外，仍不厭其煩地再次提醒我量度體溫。

爬下牀，開門取早餐，恰恰住在對面的女孩也開門，看來彼此都是剛起牀，還沒梳洗，也沒料到跟其他住客碰面，互望一眼後，尷尬地點點頭，拿了早餐匆匆關上房門。早餐是兩個水煎包和一杯凍豆漿，從樓下的早餐店買回來的，包還熱，試咬一口，皮香肉嫩，多咬一口，味美多汁，再咬，KO一整個，意猶未盡，乾脆把另一個也吃掉。

豆漿則太甜，不合口味，喝不下，便燒些熱水，沖泡一份旅館供應的濾掛式咖啡包，一面刮鬍子，一面開啟手機的揚聲器跟香港的特工同僚商量，我向大家報告僅有的資料，各人交換意見後，決定由阿莫入侵台北車站的電腦系統，擷取2020年的保安錄影，轉交露絲和情報組分析，希望藉以尋出白靈的行蹤，至少知道她去了南部哪處，雖然搜尋過程漫長而沉悶，但在沒其他線索的時候，唯有辛苦他們了。

掛線後，洗臉漱口，濃郁的咖啡香飄進浴室。咖啡泡好了。香氣帶點果香和花香。本來不帶期望，卻有意外驚喜。回到牀邊，拿起仍感燙手的紙杯，金黃色的咖啡表面淡淡的浮着一層呈大理石紋路的油脂，淺嚐一口，香濃厚實、柔順回甘，想不到這間小旅館待客不薄，免費供應這種好貨色。

吃過簡單而滿意的早餐，拿起手機送出一個令旅館職員滿意的體溫度數。

坐回牀上，不能外出，待在8.2坪的房間內，可以做的事其實不多，第一件想到的是看電視，想到便做，在堆疊牀尾的冷氣被底下找到遙控器，開啟電視，是CNN新聞台，正報道美國總統大選的點票情況，連續轉換幾個新聞頻度，全是川普VS拜登，目前的最新得票數字，川普暫時領先，共和黨勝出的「紅州」較民主黨勝出的「藍州」為多，除了幾個不紅不藍的搖擺州，大部分州已完成點票，不過，古怪的是，那些搖擺州的點票本來順暢，但到了完成百分之九十幾以後，數字不再更新，各以不同的理由暫停點票，那些新聞台邀來的專家、學者各有不同的解讀和猜測，看了一會，評論不見新意，沒興趣聽下去，繼續機械式地按鍵「轉台」，按呀按，按呀按，直至屏幕上出現八十年代的阿叻。

昔日的阿叻，仍是今天那副嘈張嘴臉。原來我不知不覺轉到一個播放港產片的頻道。這齣舊片裏還有成龍、譚詠麟、曾志偉，他們都是香港電影黃金年代的紅星，受到香港市民擁戴和支持，賺得財富與名聲，到香港電影沒落，他們北上賺人民幣，依然是紅星，但與香港市民的距離越拉越遠。

抱着懷舊的心態，看了半齣電影，當年的臉孔、故事、笑位、動作等賣座元素，今天重看，顯然過時乏味。從這齣片子回望香港電影黃金年代，舉一反三，那個年頭濫拍成風，題材一窩蜂的搶拍，橋段翻抄又翻抄，那時的港產片能夠在亞洲市場一枝獨秀，主要原因是中、日、韓、泰等地的影視製作尚未成熟，沒有比較，焉知優劣？現在，這些鄰近地區的影視產業蓬勃發展，要資金有資金，要人才有人才，要創意有創意，香港不進則退，優勝劣敗，結果並不意外，身為香港人，只能遺憾地哼一句「舊夢不須記，逝去種種昨日經已死……」

並非所有舊片都不值得重看，很多經典電影一看再看，依然戲味無窮，但至少成龍等的這一齣不是。

看了半齣，敵不過眼皮的抗議，於是關機熄燈上牀拉窗簾，鑽進被窩裏補個好眠。

又不知睡了多久，醒來時，放在門外的午餐已涼了。

午餐是我昨晚選的米蘭雞和青醬蝦。

變涼不等於變壞，不大好吃，也可以吃，盡量減少浪費。

草草吃罷，把兩日的垃圾分類為「可回收」和「不可回收」兩袋，用膠帶綁牢袋口，放在門外的收集箱內，依照旅館的要求，拿浴室的消毒酒精在垃圾袋周圍噴灑幾遍，等候清潔工稍晚搬走。

距離天黑尚有一段時間，沒興趣看電視，懶得掃手機，又拾起枕頭挨坐窗台上，撥開窗簾，俯覽街景。風吹進，儘管身處熱氣廢氣瀰漫的都市，風依然帶着秋意。秋天的感覺是悵怡摻雜，很是矛盾。這種矛盾心情，始自小學二年級，每到秋天我就悵然若失，因暑假結束，再也不能天天玩耍，然而，秋風怡人，把溽暑蒸人的夏天吹走，再沒有稍為玩一會就渾身汗臭的煩惱。雖然，很久以前，我已沒暑假可放，沒人管我玩或不玩，汗濕弄污衣服也不會捱罵，但每當夏去秋來，心情總是時悵時怡，大概也是這個原因，我從小就明白事物總有好壞兩面，遇到順境，我會留有餘地，有風不會駛盡悝，相反，在逆境裏，我保持希望與信念，做足準備工夫，在否極泰來的一刻乘時而上。機會是留給有準備的人。

這刻，在台北追尋白靈並不順利，我的取態一如既往，盡力而為，不放過任何機會，於是天黑以後，我又偷離檢疫旅館，重訪南機場夜市。可是，荷姐沒開檔，就連小耳朵也不見，擺賣七里香的位置被一個賣胡椒餅的男人佔用，向好的一面看，我吃了一塊美味的胡椒餅，算是得到一個意外的小收穫。

打算離去，遇見昨晚在居酒屋坐在我身旁的阿姨，她拉住我，開口便嚷道：「你又來找荷姐嗎？她今晚沒做生意呢！她極少休息，是不是躲避你？你找她所為何事？是不是追債呀？難道是追婚？」

「乞——超——」我嚇了一跳，慌忙澄清，「絕無此事，她是我的朋友的朋友，我找她打聽我的朋友的下落，除此以外，別無他事。」

「是麼？」阿姨的神情流露五分失望、三分懷疑、兩分幻想。

「你有沒有她的電話、地址？或者其他聯絡途徑？」我雖對這「諸事八卦」的婦人毫無好感，但正因她「諸事八卦」，或有門路找到荷姐，人或事總有好壞兩面嘛。

「唉！正如昨晚小鬍子在居酒屋所說，荷姐瞧不起我們，她從不跟我們打交道，我沒方法找到她。」

「那麼，有沒有方法找到小耳朵呢？」

「小耳朵嗎？那傢伙有時會到寧夏夜市去打散工，賺外快，說真的，荷姐絕不是一個好老闆，工資低、脾氣壞、尖酸刻薄，稍有志氣和自尊的都受不了，小耳朵堂堂一個大男人忍氣吞聲竟足有兩年，真奇怪？」

「他會在寧夏夜市的什麼攤檔打工？」

「那邊有一檔賣烤玉米的，你去碰碰運氣吧。」

就是「八卦阿姨」這條線索，我「轉場」跑到寧夏夜市，烤玉米不錯找到了，也很好吃，但小耳朵不在，幸好從烤玉米老闆口中知道小耳朵的手機號碼，不過沒人接聽，系統把我的致電轉駁至留言信箱，我留言請他回覆，等了一晚，手機沒響一聲。

雖仍有阻滯，要把荷姐和小耳朵揪出來，我的信心沒減，只不過目前需要接受檢疫，行動不便，多等幾日恢復自由，我全力出擊，兩人一定躲不了。其實，調查方向是正確的，荷姐最初否認認識白靈，之後躲起來，原因呼之欲出。

接下來的日子，我的作息有規律地圍繞着每日的送餐時間，收到短訊開門取餐，量度和報告體溫，揀選明天的餐單，吃飽小睡，睡醒看街景看電視看手機，晚上偷出旅館前把垃圾分類，拿用過的即棄毛巾抹地，請旅館職員補充日用品，尤其是咖啡。日子就是這樣度過，如果不刻意看日曆，不單止說不出今天是星期幾，就連昨天、今天、明天，有時也模糊錯亂起來，唯一可以肯定的是今天是昨天的重複，明天將是今天的重複。看似無所事事，但這些年來到處奔波，難得被強制休息，飯飽睡足，總算是一份意外的福氣。

意外同樣落在川普身上，可惜是選舉由領先變成落後。本來，他的得票領先幅度足以讓他滿有信心地宣佈獲勝連任，但當那幾個搖擺州恢復點票後，一夜之間，竟出現一根在美國總統選舉史上前所未有的「拜登曲線」，拜登的得票火箭升空式的飆升，在數個百分點之內，反超前川普，這的確惹人懷疑，加上種種作弊指控直指拜登陣營，如假選票、重複點算、投票機漏洞、驅趕共和黨監票人等，令這屆的美國總統選舉爭拗不絕，出現許多不穩定的變數，我這個「花生友」也變得緊張、看得投入，天天追看最新消息，不錯過 KOL 揭發的陰謀、內幕。

到了旅店檢疫的後期，夜市也沒去，留在旅館看電視和 Youtube，一來被美國大選分了心，二來估計荷姐和小耳朵心裏有鬼，短期內不在夜市現身，三來不想在夜市過分曝光，相信是那「八卦阿姨」胡說八道，夜市的人開始注意我，在我背後指指點點，有人說我向荷姐追債，有人說我向荷姐追婚，愈傳愈離譜，人是善忘的，我不再出現，謠言便冷卻沉寂。

當我漸漸習慣檢疫旅館的生活規律，有一天，改變來了。那位里長致電關顧時，特意提醒我今天要作篩檢。我掛線後，瞥一眼書桌上那包入境時，在機場領取的「家用新型冠狀病毒抗原快速檢驗套組」，明白檢疫隔離已到尾聲。

版特工 柒里香

2 七里香的恩怨

為了尋找通緝犯，牽扯了夜市串燒名物的人與事，
更由台北追往台南。

1

我拿着一份中杯裝的 Latte，登上古舊的榆木樓梯，每踏一步，腳底下的木板都發出「嘎喀」聲響，令我想起一個躬背拋腰的長者不厭其煩地告訴顧客，這是一幢具歷史價值的建築物，我於是增添幾分敬畏，大氣也不敢抖，放輕腳步的拾級而上，懷着敬老的心情，來到咖啡店的三樓，選了一個臨窗的座位。

這咖啡店向街的一面，全是寬敞的玻璃木窗，把外面的街景變成窗框風光，充滿文青風格。我坐下，把咖啡放在桌面，舉起 canon 數碼單鏡反光相機，居高臨下，由近而遠的俯瞰樓下的建成圓環，鏡頭緩緩挪移，越過車水馬龍的南京西路，視角成一直線的對準寧夏路。這個時間，一般上班族差不多放工；相反，對寧夏夜市的攤販來說，卻是工作的開始，少數早到的攤販已開始營業前的預備工夫。兩個穿着「里長伯麻辣臭豆腐鴨血麪線」紅色T恤的男女，從旁邊的食店內推出器材，分工合作，一人擺放桌椅，一人安放火爐煲鍋，趕忙在日落前佈置好攤檔，為第一位顧客煮一碗熱騰騰的蚵仔麵線，或炸一碟脆卜卜的臭豆腐。

我看了一會，放下相機，呷一口仍覺燙熱的咖啡。

其他攤販陸續返回工作崗位，仍不見那個烤玉米的，也不見小耳朵。

在我正式離開檢疫旅館前，小耳朵的手機不知何時由沒人接聽變為停止服務，可能他從那烤玉米的攤販口中知道我找他，乾脆把手機號碼取消，如果他刻意躲避我，愈顯得他心裏有鬼，我愈加要把他找出來，以我阿Wing的能耐，他就算躲到「天腳底」也飛不出我的五指山，一天白等，還有第二天，反正這店的咖啡又便宜又好喝，環境又寧靜……

「說真的，台北這麼大，我只愛這裏。」說話的是跟我相隔一個座位的女子。

她大概在十五分鐘前坐下的，我一直沒在意她。她剛才說的那句話有點眼熟，忘了在什麼地方讀過，她說話時雙眼盯着窗外，像想起什麼似的自言自語，或許在她的長髮遮蓋下戴着一枚藍牙耳機，正跟朋友通電話，所以我沒必要對她的説話有任何反應。

然而，過了幾秒鐘，她繼續以平淡的語氣説：「過百萬元一坪，誰住得起？」這趟，她轉頭瞧着我。

「嗄？」我一時摸不着頭腦。一般來説，陌生人突如其來的攀談大多數以「今天的天氣真好呵呵呵」、「可以借用火機嗎」之類展開，什麼「我只愛這裏」、「過百萬元一坪」等令人一頭霧水的開場白，倒是頭一遭遇見。

她把咖啡杯端到嘴邊，停下來，閑靜地伸出另一隻手，用塗上亮麗繪彩的甲尖輕輕指着前面的玻璃窗。我於是再望向窗外，她指的是對街的樓宇外牆，那面牆壁上懸掛着一幅巨型的售樓廣告，斗大的標語寫着「説真的，台北這麼大，我只愛這裏」。我先前坐下時瞥了一眼，因全心全意監視寧夏路，沒把廣告放在心上。原來她跟我談台北市的樓價。

「總會有負擔得起的人，貧富不均是社會的正常現象。」我泰然自若地回應。

「對，我們這裏沒有共同富裕。」她若有所思地喝一口咖啡，杯邊留下一個濕亮的紅唇印。她並不年輕，大概將近四十吧，臉上化了淡妝，一身OL穿搭，沒猜錯的話，她剛下班，不趕着回家，也許家裏沒人等她吃晚飯，也許距離約會的時間尚早，上來喝杯咖啡兼打發時間，看見我長得英俊，便攀談幾句。當然，這些都是無聊的猜想，是或不是都不重要，姑且應對過就算了。

玻璃窗折射西斜日照，窗面泛起一暈淡薄的七色眩光，即使隔着重厚的玻璃，我仍彷彿感受到日照的餘溫與鬧市的燠悶。

經她提起，我不期然多瞧一眼那售樓廣告，巨大的帆布把舊樓外牆完全遮蔽，帆布上印着尚有一大段日子才告落成的樓宇概念圖，高聳的住宅大樓，設計新穎堂皇，屹立於鬧市的林蔭道旁，旺中帶靜，格調高雅，營造出一派理想居所的氛圍，恰巧與懸掛着廣告的舊樓構成一個鮮明的對比。儘管舊樓外牆的破落掩藏在美觀的廣告帆布背後，但舊樓另一側，臨街凸出的住戶陽台則清晰可見，斑駁的矮牆、油漆剝落的欄杆、褪色的簾子、雜亂的大小植物盆栽，以及隨風飄擺的五顏六色衣物，有女士的內衣、男士的西褲、小孩的校服、年輕人的牛仔褲，全都吊在每戶的陽台之中，跟老化的樓宇一起承受風吹日曬、廢氣塵埃。

「香港的樓價更高。」過了一會，她似乎仍沒放棄攀談，「不過你們的人工也挺高。」大概她從我的蹩腳國語分辨出我來自香港。

「你說的不錯，可是，香港的物價極高，我們的負擔極重。」我以商量的語氣，平心靜氣地問：「你喝的是什麼？」

「Mocha，中杯裝。」她掏出繡着櫻花圖案的棉手帕輕抹嘴角。

「我喝的是 Latte，跟你的 Mocha 在這裏大約五十元一杯，在香港，同樣的份量，也是五十元左右，不過是港幣，實際消費相差三倍多。」

「所以說呢，像你這般，在香港掙錢，在台灣花，最為划算喔。」

「我？我只作短期逗留，待工作完成，便會離開，享受這種划算的日子並不長久。」

「那，你做什麼工作？」她抓握重點，順勢追問，問題雖然唐突，態度卻很自然。自然得像你在「唐突」的驟雨降下時把晾在陽台的衣服收回屋內一般的順理成章。

「我嗎？」我裝模作樣地直接回答：「我是一個攝影師，導演老闆將在台北取景，寧夏路是其中一個景點，我預先了解這兒日夜的光線變化，稍後返回香港在工作會議上向大家提交拍攝建議。」

「怪不得你連續兩天坐在同一位置看街。」她用食指勾住手帕，纏繞一圈又一圈，「請別誤會，我不是有心留意你，只不過，你並非常客，舉措又有點不尋常，少不免引起好奇，請勿見怪。」

「不會……」

此時，樓下的建成圓環傳來一陣小狗吠叫，我好奇往下望。正在「汪汪」亂吠的是一頭個子小、吠聲尖的白毛松鼠狗，而被吠的對象，竟是一頭母豬和一頭小豬。小豬給中年男主人用狗繩牽着。母豬則沒繩沒鏈，頸上套着一個牛鈴，自由自在地跟着主人在圓環的草地上散步，對於不自量力的松鼠狗不屑一顧。我認得這雙豬母子的品種，叫五指豬，耳小嘴尖，背黑腹白，體形較常見的白豬、黑毛豬細小。

「寵物？」我訝然。

「對，牠們都是街坊，小狗叫 Oscar，主人早午晚一日三次帶牠來圓環散步，Oscar 最愛招惹豬媽媽，看，豬媽媽不理搭牠，牠便跑去招惹小豬，嚇得小豬慌忙躲到媽媽背後。」

「有趣。」我舉起相機，對準樓下的狗吠豬躲，「卡察」的按下快門。

「你知道嗎？牠們散步的建成圓環，有草，有木，有長椅，有銅像，看起來像個公園，其實它並不是公園。」她找到話題，兀自說個沒完，毫不在意我有沒有興趣聽下去，「它的原名是大稻埕圓環防空蓄水池，顧名思義，它本來是個防空壕，建於日治時期，那用紅磚疊砌的圓形建築是蓄水池的遺跡，當時用作蓄水滅火……」

我拍了幾張豬狗照片，一方面漫不經意地發出「喔……」或「嗯……」的應和聲，算是對她維持僅有的禮貌，另一方面透過相機的長鏡頭繼續監視寧夏路周圍。天色轉暗，街上有些位置因照明不足而顯得昏晦，我更加要仔細觀察。

「拍完了麼？」

「嗄？」

「你拍完 Oscar 與豬母子了？」

「嗯。」

「照片讓我看看，可以嗎？」

「可以。」我放下相機，按鍵切換「照片顯示」，屏幕從拍攝模式轉為呈現最新拍攝的豬狗照片，待要把相機遞給她，赫然發現豬媽媽後面的斑馬線前有個似曾相識的臉孔，我於是把照片放大，再放大，那人果然是小耳朵，我連續翻看數張照片，小耳朵並沒走進寧夏夜市，他橫過馬路後，沿着南京西路朝中山捷運站方向走去，查看最後的拍攝時間，他意外入鏡僅是兩分鐘前的事，若非旁邊的女子搭訕搞擾，我一定不會漏看，幸而及早發現，為時未晚，我隨即從椅上跳起。

「不好意思，我想起有事要辦，告辭。」

「咦……喂……」

我不再理會她在背後説什麼，也不再顧慮木板樓梯在腳底下「嘎喀」作響，一步一跳的迅速下樓，跑離咖啡店，跳過豬媽媽，再跳過小豬和Oscar，奔越草坪，跑出圓環，在路邊遇上紅色行人過路燈，被迫停在斑馬線前。吐着廢氣的汽車隆隆而過。我踮直腳尖，眺望對面的行人道，很快在日新國民小學的校園圍牆外發現小耳朵的背影，他聳起肩、垂着頭，踽踽而行。

左右兩側的汽車開始減速，交通燈號即將轉換，我把相機斜掛左肩之上，汽車煞停，不待行人過路燈號由紅轉綠，就拔足跑過馬路，追趕小耳朵。在前面的小耳朵剛走到南京西路與承德路交匯的十字路口，下班時分，路口行人甚多，亮起「空車」標示的黃色計程車在路旁排列成行，巴士靠站停定，乘客魚貫下車，在我面前扇形散開，我稍為減速，在人流間左穿右插，輕鬆避過路人，來到十字路口，如無意外，可在馬路對面的華新花苑門外把小耳朵截停，不枉我在咖啡店守株待兔。

就在此時，一輛客貨車突然從中線切入慢線，後面的司機馬上響號斥責，客貨車「輒」的煞停在小耳朵身旁，車門打開，跳出兩個穿短袖T恤露出雙臂紋身的大漢。小耳朵看似認識他們，有點詫異，卻不慌張。單憑三人的肢體語言，紋身漢示意小耳朵登車，小耳朵搖手拒絕，紋身漢於是軟硬兼施，一左一右的把小耳朵夾上客貨車後座，車子旋即開動，右轉駛入承德路。

搞什麼？

鑑貌辨色，一定不會是什麼好事，看小耳朵這副寒酸相，紋身漢肯定不會勞師動眾將他標參，擄了也收不到贖金，這樣的話，若非追債，就是尋仇。小耳朵的死活與我無關，但失去追查荷姐的線索，我就非管不可！

我跑過十字路口，跳上一輛待客的計程車，喊道：「開車，跟着剛才拐彎的深灰色豐田客貨車。」

「什麼一回事？」

「快！開車，別問。」我大力拍打司機的椅背，把幾張千元紙幣擲在前座，「這些錢全給你，不夠再付，有餘的，當作我請你喝茶。」

「是！」司機急急開車，在燈號轉紅前及時駛入承德路，也及時看見客貨車在前方右轉入橫街。

「跟着轉彎，別讓它跑掉。」

「你大可放心，我的技術一流，又熟路，保證跑不掉。他們是什麼人？」

「我是他們的債主。」

「欠債不還，可惡之極，我助你去追。」司機扭動方向盤，也跟着右轉，客貨車就在不遠的前方行駛。

這橫街是一條狹窄的單程路，兩旁全是小店，沒特定的行人通道，稍為寬闊的位置都泊了機車，路人又不時走到車道上，所以車速不能高，短短的一段路，客貨車好幾次亮起紅澄澄的車尾燈，客貨車司機不但不能加速，反而踩煞車器減速。同樣，計程車司機也不會為我這個「追債」的乘客，冒着魯莽駕駛的風險。故此，兩車的距離並沒拉近。

沒多久，橫街駛盡，客貨車在中山地下街出入口前再次右轉。

「它又駛回南京西路，兜了一個大圈，對方到底幹什麼？」計程車司機搔抓頭髮稀疏的頭頂。

「別管他，照跟可也。」

「唏，對方停車落客。那是中山捷運站4號出入口，你的債仔打算轉乘捷運，我幫不上忙了，哈哈。」

「快停車！」我不明白他們為什麼要兜圈，為什麼轉乘捷運，難道發現被計程車跟蹤？不管了，捷運站人多，出入口也多，又連接地下街，隨時跟丟，還是先救回小耳朵再作打算。計程車一停下，我立即跳離車廂，急步跑到4號出入口，往下的樓梯和扶手電梯都不見他們，再看南京西路，他們正走在行人道上，這時小耳朵似乎放棄掙扎，讓紋身漢左右傍着他一直向前走。我連忙追過去。這兒是南京西路的黃金地段，名店林立，行人如織，人多卻不擁擠，也不難行；一來，習慣慢活的台灣人走着悠閒的走調，遇上紋身漢與小耳朵並排而行，或遇上像我一般橫衝直撞的，路人都會讓路；二來，行人道上沒垃圾桶，以及垃圾桶旁邊堆積的垃圾，也沒銷售電話卡、人壽保險、「低息」貸款等的易拉架阻路，因此要追上他們並不困難，如何在大庭廣眾收拾那雙紋身漢，倒要謹慎行事，萬一他們身懷武器，動起手來傷及途人，就會驚動台灣警方。

經過新光三越百貨公司，還沒到達金興發家品店，他們轉進一幢商業大樓，看來他們抵達目的地，我加快腳步，要在他們走進升降機前趕上，否則，樓高十多層，不知道他們往哪裏去。可惜，還是晚了一步，我追進去時，升降機大堂已空無一人，一部升降機正上升，另一部正下降，都是幾乎逐層停留一陣，真不知他們的最終目的地。我回身察看牆上的樓層指示牌，希望找到頭緒。

十樓是銅鑼灣書店……九樓是纖體美容……八樓是婚紗攝影……七樓是留學顧問……六樓也是補習學校……五樓是旅行社……四樓是貿易公司……

看來看去，只有貿易公司的機會最大，別無選擇，姑且一試。

升降機降到樓下，我焦急地等待裏面的人全數走出，立即閃身入內，按4字樓層鍵，門才合上一半，忽地頓了一頓，再度打開，一雙少年男女走進來，升降機門一開一合，又耽擱我十幾秒鐘，幸而少男按10字樓層鍵，沒再阻慢我前往四樓。

升降機徐徐上升。

我本來猜想兩人上補習班，原來光顧書店，還以為台灣的年輕人在書店約會只去誠品。

「待會我請店主林先生簽名、合照，會不會有點唐突？」少女擔憂地問。

「相信他不介意。」少男安慰同伴。

「林先生曾跟總統合照，我跟他合照，就等於間接跟總統合照，嘻嘻。」

什麼邏輯？屁孩的無聊話。我莞爾。

升降機停在四樓，我步出走廊，還沒搞清楚是否找對地方，赫然看見其中一個紋身漢從貿易公司出來，反手關上磨砂玻璃大門。我們打個照面，他想了想，便攔住我的去路，道：「公司已經休息。」

走廊狹窄，紋身漢一身橫練肌肉，要在一招半式之內解決他，又不驚動貿易公司裏的人，該用以色列近身格鬥術的狠招，突襲他身體的脆弱部位。

「裏面還有燈光。」我朝玻璃門甩甩下巴。

「他們在作內部事務，過了營業時間，不方便見客。」

「都是我不好，磨磨蹭蹭，誤了時間。」我裝出懊惱的樣子，雙手不斷擦頭，

「沒辦法了，唯有明天再來……」懊惱是晃子，舉手的作用是掌握我的手肘與他的頭臉之間方位及距離，掌握了，便作勢轉身離開。

「你到底找誰？有什麼事情？」

「我找……」我反方向轉肩旋腰，右腳踏前半步，左腿蹬地，力從地起，右肘借用旋身之力重擊紋身漢的左側太陽穴，紋身漢吃痛，卻仍站穩。一擊不倒，我的左肘接力，紋身漢的右側太陽穴又吃一記，再也支撐不住，軟癱倒下。

我扶住他，推開貿易公司的玻璃門。

另一個紋身漢挨坐在接待櫃枱，低頭滑手機，見我攙扶同伴進來，滿臉錯愕。

「他在外面昏倒。」

「啊！」紋身漢慌忙放下手機，過來幫忙。

我順勢把「傷者」交給他，他張開雙臂待要抱住同伴，門戶大開，我的手刀橫劈，正中他的咽喉，他悶哼一聲，與同伴雙雙軟倒地上。

快而狠的收拾了兩人，我手按桌面，輕巧地躍過接待櫃枱，掃視空無一人的辦公室，桌椅井然，桌上的電腦靜止，屏幕漆黑，真的都已下班嗎？抑或根本就沒人上班，這公司只是一個掩飾空殼，辦公室只是某個犯罪集團的聚腳點？我在職員工作枱之間順步而過，辦公室盡頭的經理房內傳出人聲，走近，玻璃房門半掩，從垂直掛簾的罅隙窺視房內，只見小耳朵與一個中年漢子爭吵得臉紅耳赤。

「小耳朵，你聽我說，整整兩年了，你收手吧！」

「不成。現在收手，這兩年的工夫就等同白費。」

「那女人心理不正常，你再花時間在她身上，也是徒勞無功。」

「這樣就放棄，叔叔，我一生遺憾呢！」

「我老了，我這門生意早晚要人接手，大眼仔行動不便，你是我唯一的接班人。我辛辛苦苦的把你和大眼仔養育成人，你們偏偏為了那女人荒廢事業前程，遺憾那個應該是我呢！」

「請多給我一次機會吧！」

「那女人根本不信任你，你繼續耽在她身邊，不管多久，結果都是一樣，完全沒指望。」

我愈聽愈奇，小耳朵稱對方作叔叔，對方雖然動氣，但沒惡意，不似擄人、追債、尋仇，兩人所說的女人似乎是荷姐，小耳朵留在荷姐身邊，看來另有圖謀，但他得不到荷姐的信任，結果兩年來一無所獲。荷姐到底有什麼秘密值得小耳朵放棄承繼叔叔的生意，委屈地在夜市當小工？另外，大眼仔又是誰？他與小耳朵有什麼關係？這位叔叔搞的是什麼生意？

聽着，想着，不覺踢翻枱邊一個廢紙簍。

「咚——」

兩人聞聲回望，都看見我，中年漢一臉疑惑，乍見陌生人在下班後出現他的公司內，疑惑是正常的反應，但小耳朵的反應卻是反常之極，他從椅上彈起身，臉容驚喜交集，用顫抖的指頭指着我，激動地喊叫：

「有指望了！是他！我的指望就是他！」

2

孔夫子教訓得對，我們不能以貌取人。

紋身的，不一定是黑幫分子；魁梧的，不一定是惡徒。

例如，巨石強森既有紋身，體形又魁梧，可不是壞人，記憶中，至少在銀幕上沒飾演過壞人。

至於那兩個被我擊暈的紋身漢，都不是壞人，他們是貿易公司的推銷員，專門售賣健身器材，他們奉老闆的命令去找老闆的侄兒，亦即小耳朵。老闆一直反對小耳朵替荷姐打工，近日知道荷姐失蹤，小耳朵失業，便加緊找小耳朵了解情況。他找得緊，小耳朵躲得密，乾脆更換手機號碼，不接叔叔的來電。

小耳朵為什麼堅持留在荷姐身邊？

答案匪夷所思，是為了七里香。

事情牽涉兩代恩怨。小耳朵的父親與荷姐的師父都是炮製七里香的高手，一個在台北擺攤，一個在高雄營業，一南一北，名滿夜市，本來手藝各有千秋，各有食客捧場，然而行家一出手，就知有沒有，小耳朵的父親心裏明白，對方技勝一籌，自己窮一生精力鑽研，不斷改良，味道差了一些就是差了一些。小耳朵和兄長大眼仔幼承庭訓，自小愛吃七里香，三餐無雞屁股不歡，看着父親鬱鬱而終，心裏是氣，明明一樣的雞屁股、一樣的醃料、一樣的烤法，吃進口裏，味道卻不一樣，縱然旁人不覺，他們就是不服，兄弟二人在父親墳前發下毒誓，一定要找出雞屁股的秘密，以慰亡父在天之靈。

其實，隨着時日過去，社會進步，新的食品不斷湧現，近年又流行健康飲食，傳統的七里香已經式微，在夜市獨沽一味售賣七里香的，日漸減少，有的，大都依附在一般烤肉攤檔，跟其他烤雞肉串、牛肉串、豬肉串一同售賣，使用相同的醃料醬汁，完全顯不出雞屁股的獨特風味。所以，經營貿易公司的叔叔力勸大眼仔和小耳朵徹底忘記七里香，改幹其他更有意義、更有前途的工作，尤其大眼仔讀會計出身，是個專業人才，在商界發展必有一番作為。可是，兩兄弟一頭栽進思想的死胡同，執迷不悟，始終不肯放棄查探七里香的秘密。

荷姐的師父過世後，他們把目標放在荷姐身上。兩年前，大眼仔為要偷看荷姐秘製雞屁股的過程，冒險爬上老舊的簷篷，豈料簷篷承受不了大眼仔的體重，連人帶瓦塌下，大眼仔摔斷腰椎，傷及神經線，導致下半身癱瘓，從此一蹶不振，揭秘的責任就落在小耳朵肩頭。

小耳朵的行動較兄長更進取、更艱鉅，他來一招釜底抽薪，直接替荷姐打工當臥底，長期忍受荷姐的臭脾氣，只望從中偷師，可惜事與願違，兩年來，完全打探不出荷姐的雞屁股秘方，耗費光陰，叔叔看不過眼，找他討論，電話聯絡不上，便派人找他，卻給我碰見，惹起誤會，還出手「救人」。

然而，我這個不干事的人為什麼變成小耳朵的指望？

「因為，我們可以合作。」小耳朵肯定地說。

「我為什麼要跟你合作？」

「因為我們有一個共同的目標人物——荷姐。我要找出雞屁股的秘方，你要找出白靈的行蹤。」

「你找雞，我找人，重點不同，我看不到我與你存在任何合作空間。」

「關鍵是荷姐。沒有我，你找不到荷姐。」

「言下之意，是我有求於你。」

「不，我也有求於你。」

「你求我什麼？」

「美男計，我需要你犧牲色相，誘惑荷姐。」

「啪——」

我給嚇得一跤跌坐沙發上，只覺想吐，不可思議的，彷彿在商業大樓裏也嗅到雞屁股的腥臭、嘴唇感到雞屁股的肥油淋淋。

3

要查問白靈的下落，用不着「美男計」，我知道很多刑訊逼供的方法，在荷姐面前隨便擺出其中一種道具，毋需真正使用，已保證嚇得她乖乖就範，有問必答，嘿嘿，我暫且跟小耳朵合作，待找到荷姐，威逼她招出白靈的去向，我便一走了之，他們的兩代恩怨情仇、什麼雞屁股秘密，都與我不相干，那管他們互相廝殺，或者鬥吃雞屁股，吃個你死我活，嘿嘿……

「嘩！看你的樣子，笑得多奸狡，心裏打什麼壞主意？」小耳朵瞧着我，他剛吃了一大口便當裏的滷肉飯，還沒完全嚥下，張口說話時，有點口齒不清，更從牙縫嘴角吐出的幾顆飯粒，幾乎飛到我身上。

「食不言，寢不語，閉上你的嘴，吃你的飯。」我橫他一眼。我本來就不喜歡看別人的吃相，而他這副醜陋的吃相簡直神憎鬼厭。

他放下便當，拿起冬瓜茶，啜飲一大口，和飯一起吞下肚裏，再用手背擦抹嘴巴，然後用油膩的指頭指着我，咧嘴笑道：「我知道啦！我提及美男計，你就心懷不軌，想起色情的勾當。」

「我呸，呸呸呸，狗嘴長不出象牙，你的餿主意，我才不會用。」

火車慢慢開行，車廂左右晃動，車速逐漸提升，車輪在鐵道上循環滾輾，發出具節奏感的倔隆隆……倔隆隆……

人坐着不動，卻不斷重心輕微靠後的向前移動，精神稍不集中，會感到一陣恍惚，尤其今早沒吃早餐，現在肚腹空空，看見令人反胃的吃相，加上想起令人反胃的美男計，想吐。

暈車浪嗎？

「什麼餿主意！一定管用。」小耳朵拍一下大腿，「既然是合作夥伴，彼此不相瞞，我不妨告訴你，我曾經偷看荷姐的日記……」

「你缺德，我不意外，但想不到你的缺德竟到如此卑劣的地步。」

「為了查出七里香的秘密，我不會扮清高，更缺德的勾當我也照做。你先別打岔，聽我說下去。我一天偷看幾頁，花了兩個月把荷姐的日記看完，找不到七里香的製作秘方，但發現她有個初戀情人，名叫紹裘……」

「我再說一次，我是阿Wing，不是紹裘、阿裘，更不是她的初戀情人，你別胡說八道、亂出主意。」

「你先聽我說。紹裘的名字取意『克紹箕裘』，非常有意思。荷姐跟紹裘青梅竹馬，感情本來很好，但隨着年紀漸長，兩人的分歧越深，荷姐嫌紹裘不愛讀書，文化水平不高，後來荷姐放棄紹裘與家鄉的一切，到台北追夢，最終追夢不成，流落夜市。紹裘亦於幾年後遇上交通意外，英年早逝。唉！日記的字裏行間，荷姐流露無限悔意，而在現實裏，大概是心理補償吧，她對叫阿裘或阿球的男人特別有好感，例如養雞場的球叔、雜貨店的裘哥，一個五大三粗，一個賊眉賊眼，絕對稱不上俊或酷，荷姐仍對他們另眼相看，每次球叔送雞屁股來，或者裘哥送醃料醬料來，荷姐都放下冷傲，笑臉迎人，跟他們有說有笑，好像換了另一張臉。」

「心理不平衡！」

「我們——不——是你，你就要利用她的心理不平衡，乘虛而入。看，你眉清目秀、相貌堂堂、一表人才，荷姐知道你也叫阿裘，一定心花怒放，對你貼貼服服，言聽計從。」

「乘人之危吧！欺哄一個需要看醫生的女人，非君子所為。」

「凡事有好壞兩面，做人不能偏執，你大可換個角度，這不是欺哄，而是安慰。荷姐對紹裘念念不忘，我記得她在日記裏多次念及跟紹裘一起放天燈，紹裘已不在人世，你阿Wing日行一善，跟她放天燈，為這個可憐的女人帶來一點點人間安慰。」

「誰可憐我？」我想到跟荷姐一起放天燈的曖昧，就眉頭大皺，別過臉，轉眼望向車窗外面，遠景中的高樓大廈愈縮愈小，平坦的農田自鐵道旁伸延綿遠，栽種的是麥是稻抑或是三星葱？對於我這個五穀不分的人來說，眼底下只是一片青翠。白色的巨大風車在田間巍峨屹立，一隻長嘴長頸長腳的白鳥從深綠色的樹叢中拍翼高飛，轉瞬隱沒在天上的雲絮點點之間，陽光耀目，浮雲的形狀變得朦朧……

真的要放天燈嗎？

我驀地想起一首關於放天燈的詩，作者是吉米幾米。

聽說

每一盞祝福

都來自於一個故事

用渴望與祈禱
牢牢繫住了
燈與人間的曖昧關係
就在一聲令下
萬燈齊放
心裏的叫囂
也隨之愈飄越高 愈飄越高
化成了夜空中的點點星子
直到
餘温不再
變成一種仰望的……
愁

4

從台北前往台南，我選擇不租車自駕，也不乘搭快捷的高鐵列車，寧願虛耗雙倍時間的車程，跟討厭的小耳朵並排坐在「莒光號」火車廂裏，無非是重踏荷姐回鄉的腳蹤，從她的視角觀察，看看有什麼蛛絲馬跡；可惜，全程並沒異樣，除了小耳朵違反防疫限制在車廂內飲食，遭職員警告。雖然小耳朵怕吃罰單，不敢再吃喝，但已被視為需要密切注意的不守規則乘客，我是他的同行者，亦慘遭連累，全程我都有一種被監視的感覺，早知如此，我另選其他座位，不坐在他身旁。

一路遭人白眼的捱到隆田火車站，甫下車，小耳朵把剩餘的半盒冷飯棄入垃圾桶，改到火車站的便利店買刈包充饑，這人吃不停口，卻不長肉，不知身體是什麼構造？

荷姐的老家在麻豆鎮，離隆田火車站大約二十分鐘車程，如果自己沒開車，又沒親友接載，鎮民大都電召一種非營業車，司機也是本地人，開私家車接送鎮民出入，按路程遠近收費。

我們在火車站等了一會，車來了，是一輛舊款日產轎車，司機是個大叔，自稱在麻豆鎮開設雜貨店，生意淡薄，老婆掌店，他開車賺外快。雜貨店老闆很健談，誇口認識麻豆鎮每一個人。當小耳朵提起荷姐，他立即告知，荷姐三天前返抵麻豆鎮，同樣是他開車，由隆田火車站載她去土地廟。

「她為什麼不回家？」我問。

有了新話題，雜貨店老闆更是口若懸河。

荷姐一家住在麻豆鎮南邊的小村莊，村民以種植文旦為生，麻豆文旦是台南名產，價錢高，市場大，村民的收入穩定，生活普遍過得不錯。許多年前，文旦豐收，村民賺大錢，合資在後山建了一座土地廟，祈求風調雨順。他們不信任外人，土地廟交由村內的老人每年輪流擔任廟祝。然而，小廟偏僻，香火不旺，香油錢不多，除了春秋二祭，平日門庭冷清，廟祝的工作變得可有可無，既困身，收入又少，荷姐的爺爺完成一年任期後，再沒人肯接班，土地廟的鑰匙就一直留在荷姐家中，及至荷姐的爺爺過世，誰人接班更不了了之，荷姐的父親勉為其難，間中去打掃一下，乾脆讓廟門長開，任人進出。由於荷姐年輕時捨家北上，父親視之為背家忘本，父女關係從此不咬弦，每次荷姐回家探母，都在土地廟落腳。

「請改送我們去土地廟吧。」聽完故事後，我馬上請雜貨店老闆更改目的地。

雜貨店老闆應了一聲，隨即切線，開入支路，舊款日產轎車在麻豆鎮的外圍繞道而行，從車窗往外望，鎮上的建築物主要是低矮的平房，樓高三、四層的為數不多，就招牌所示，有銀行、戲院、超市、藥房、快餐店，是個一般生活機能齊備、自給自足的小社區。

沒多久，繞過民居聚落，車路由寬變窄，直路減少，彎道漸增，沿路多見樹木，少見人煙。樹木盡是高約兩、三米的文旦樹。果園一個接一個。外皮淡綠、黃綠的文旦垂掛枝葉之間，結實飽滿，看來今年的收成不錯。

「我一直分不清文旦與柚子，它們是不是同一種水果，只不過叫法不同？」我隨口問，沒有預計誰人回答，就算沒人回答也沒所謂。

「錯了，錯了，大有分別。論外觀，文旦呈圓錐形，果皮淡黃，果肉淡白或淡黃白。柚子呈扁球形，果皮淺綠，手感較為光滑，果肉的色澤偏向淡粉紅。」雜貨店老闆說得頭頭是道，「論口感，文旦柔軟多汁，肉質帶點彈性，偶有淡淡苦味。柚子的酸味稍高，甘味稍濃。」

「你果然是台南老鄉，文旦當飯吃，哈哈……」小耳朵吃吃笑道。

「沒錯，我天天吃文旦，從小吃到大，從大吃到老，我敢說麻豆出產的文旦，全台灣最好吃。」雜貨店老闆得意忘形，雙手放開方向盤，高高的豎一雙拇指。

「小心駕駛啊！」我提醒。

「放心，哈哈。」他拍肚而笑，「這車的性能挺好，行車穩定，不會出事。」

「我一場來到麻豆鎮，若未吃文旦就撞車死掉，一定被閻王恥笑。」

「有道理，我開慢一些。」

「說到底，麻豆鎮佔有天時地利，水土氣候超適合文旦生長，農務事半功倍，果農大可坐着等收成。」小耳朵一臉妒忌，「看，果園內野草蔓生，他們連除草也懶做。」

「大錯特錯。這叫草生栽培。那些不是尋常野草，都是果農特意栽種的。左側是郭大爺的果園，他選種根部茁壯的匍根大戟，讓草根抓緊土壤，防止水土流失。右側的果園是飛哥夫婦經營的，他們栽植的馬齒莧，效用更多，例如害蟲以馬齒莧為食，直接減少對文旦的破壞，馬齒莧枯萎的花、腐爛的根都為土壤提供養分。」

「原來是生態平衡。」我點頭稱是，「想不到栽種果樹，內裏大有學問。」

「到了。」雜貨店老闆再度減速，「你們回程可以找我，繼續聊天。」

車子完全停定。

「土地廟呢？」小耳朵左看右看。

的確，視野範圍內，並無類似廟宇的建築。

「下車後，你們沿這條山徑直上。」雜貨店老闆指着車前的泥路，「土地廟就在山腰，路只得一條，沒分叉路，不會走失。」

「也好，反正我很久沒行山。」我下車，雙手叉腰，仰望樹木茂盛的山丘，在山腰位置的榆、杉林間隱約露出一角飛檐，相信那兒就是荷姐的「藏身之處」。

雜貨店老闆開車離去後，我們開始登山。山丘不高，秋風送爽，綠樹成蔭，山路蜿蜒而不陡，走得相當寫意。一路上，枝頭上響起悅耳的鳥叫，小鳥藏身又密又大的樹葉後面，好像合力監視樹下兩個不速之客，沿途報告我們的位置。這種方式的被監視，倒是一種享受。

輕輕鬆鬆的走了約二十分鐘，終於來到那座土地廟。從佈局看，村民當年建廟時，特意砍掉樹木，在廟前開闢一塊空地，站在空地上可俯瞰山下大小果園，如果在收成的季節，從這個角度觀看山下的碩果累累，景色一定很令人感動。

有趣的是，土地廟的設計不中不日，一個混合日式鳥居與中式山門的特色建築豎立廟前。我在「山門」下穿過，雖覺古怪，但毫無興趣去考究它是鳥居還是山門，畢竟此行目的是尋人，並非觀光。

「這是什麼東西？」小耳朵提起右腳反蹬一下「鳥居」斑駁的柱子，他的姿態頗不雅，像頭打算在燈柱撒尿的流浪狗。

「走吧。我們不是來瀏覽名勝的觀光客。」

「等一等。」小耳朵拉開褲鍊，轉到柱後，「剛才喝得太多冬瓜茶。」

這人的缺德程度真是沒底線，沒有最缺德，只有更缺德。

「喂，你講不講公共衛生？」

「荒山野嶺，回歸大自然，灌溉施肥，為野生植物提供養分，何樂而不為？」

他作了一個「排尿後抽搐症候羣」（Post Micturition Convulsion Syndrome）動作，從柱後走出，慢條施理地拉上褲鍊，邊走邊在褲後襠抹擦雙手。

「你別靠近我，跟我保持兩米距離。」

「唏，撒泡尿而已，無傷大雅，不要小題大做。」

「我警告你，你敢越過我的警界線，我就砸穿你的腦袋。」我掄起拳頭。

「OK，OK。」他知機停步，「你先走。」

廟門沒關，我轉身跨過麻石階，直入土地廟主殿，一看祭祀主位，登時一愕，繼鳥居與山門的混合體後，不由我不佩服村民的創意，有別於傳統的土地公造型，眼前這尊頭尖身寬，呈圓錐形，身穿以綠、黃為主色的外袍，造型仿似一隻初熟的文旦。

「呵！哈！這款土地公，倒是第一次見到。」小耳朵哈腰跺腳，勉強上前合十參拜，樣子毫不虔誠。

我避開兩步，跟他保持距離。

土地公和神壇表面都鋪了一層薄薄的塵埃，香爐內只剩黝黑的香灰和暗紅的香腳，香油錢箱的蓋子打開，長鏽的蓋鎖丟在箱旁。如此光景，我不禁想起《聖經．詩篇》：

他們的偶像是金的，銀的，是人手所造的，有口卻不能言，有眼卻不能看，有耳卻不能聽，有鼻卻不能聞。

「啤酒瓶蓋……香煙屁股……」小耳朵探頭察看香油錢箱。

「殊……」我着他噤聲，因為神壇後面依稀傳出女人的聲音。

小耳朵連忙閉嘴，他也聽見了。

我們躡手躡腳的繞過神壇，來到內堂，牆邊擱着掃帚、抹布，內堂較前殿乾淨，明顯經人打掃。

「笨蛋……大笨蛋……超級大笨蛋……」

說話的正是荷姐，她猷猷的對着一盞大天燈自言自語，腳邊散落一些包裝紙、白紙碎、棉碎、竹條，空氣中散發着煤油的氣味，看來她在內堂DIY式做天燈。

小耳朵瞧我一眼，低聲道：「機不可失。」便大步趨前，臉上立時堆滿虛假的笑容，朗聲道：「荷姐，我和紹裘專程來探望你呀！」

「紹……裘……」荷姐臉色一變，回過神來，怔怔的瞅着我，「你怎會是紹裘？」

「他本來就叫紹裘。」小耳朵搶着解釋，「那晚在夜市，他還沒作自我介紹，你已離去。」

我唯有保持沉默，不承認，也不否認。

「紹裘……」荷姐稍稍露出一絲淺笑。

「荷姐你放天燈？真巧呀，剛才在路上我向紹裘介紹我們台灣人放天燈的傳統，紹裘大有興趣，就讓紹裘跟你一起放天燈吧。」他左一句紹裘、右一句紹裘，句句都說我，肉麻造作之極，我不禁打個冷顫，手臂起了一陣疙瘩。

「好呀。」荷姐遞上一枝黑色的水筆，「你寫上願望，你也寫上願望。」

「我先寫。」小耳朵接過筆，向我打個眼色，在燈面寫上「七里香」，便把水筆傳給我。

我接着寫上「白靈」。

「寫好了，讓我看看你們寫什麼……有沒有機會願望成真……」荷姐走到燈前，低頭察看，毫無先兆的臉色驟變，雙目像快要噴火一般的通紅，厲聲怒罵道：「你兩個都不是好東西！膽敢欺騙我？你想偷我的七里香秘方？休想！你根本就不是紹裘，你是什麼人？」

「我叫阿Wing……」

「天燈被你們沾污了，我寧可燒掉，也不讓你們得逞。」荷姐從口袋裏掏出打火機，「嚓」的點火，拋向天燈，紙製的天燈、浸了煤油的棉球，遇火即焚，火舌四竄，內堂狹窄，雜物又多，火星觸及易燃物，小火迅即蔓延。

「救火！」我趕緊抓起牆邊的掃帚，大力拍打燒得火光紅紅的天燈。

小耳朵逃了兩步，還是折回來，扭開隨身攜帶的瓶裝冬瓜茶，幫忙淋熄火頭。他這個愚笨的救火方式恰恰體現了成語「杯水車薪」，滅火不成，反遭波及，褲管給燒着了，炙得他亂叫亂跳。我反手一掃，把他絆跌，先拍熄他腳上的火，再把他扯離內堂，喝道：「我們合力扛這個香爐進去，把香灰當作消防沙使用。」

小耳朵六神無主，幸而尚有氣力，又聽我吩咐，我們一左一右的揪起紫檀木香爐，跑回內堂，火勢不猛，煙卻濃，燻得我們幾乎睜不開眼，小耳朵不住嗆咳，我閉上呼吸，拔走香腳，大把大把的抓起香灰撒落起火的地方，阻隔氧氣，最終成功滅火。

我和小耳朵蓬頭垢面、渾身燎臭的蹲在地上，環顧亂七八糟、煙塵飄揚的內堂，肯定一點火星也沒有，才放下心來。

放火的雖是荷姐，但刺激她發狂的是我們，現在總算在小火成災前把它撲滅，保住土地廟，保護荷姐……

荷姐呢？

內堂、神壇、主殿周圍都不見荷姐的蹤影。

我與小耳朵面面相覷。

「不是被燒成灰燼吧？」

「胡說！」我作勢敲他的腦袋，「她多半受驚，慌慌張張的逃出火場，我們快到廟外去尋她。」

「且慢，看，這兒原來有道側門，她一定從側門逃離土地廟。」

「走吧。」我搶先推開小耳朵發現的木門，穿出去，便是土地廟後面的樹林。

在泥地上，發現大量有人走動的痕跡。

剛遺下的鞋印、被踏扁的植物、被撞折的樹枝、被扯斷的長草，在在顯示不久前有人從廟後走進樹林深處，而且不止一人，過程亦不順暢，當中有人掙扎。

「荷——」

我揚手制止小耳朵揚聲，如果其中一組痕跡是荷姐留下的，只要跟着鞋印、折枝、斷草的路線追蹤，遲早找到荷姐，如果荷姐被人擄走，揚聲只會打草驚蛇，愈想愈不對勁，荒山野嶺，除了我和小耳朵，還有誰來土地廟尋找荷姐？也是為了白靈或七里香嗎？

不猜了，尋回荷姐要緊。

我叮囑小耳朵閉上嘴巴，靜靜跟在我身後。

沒多久，果然發現荷姐倚坐在一株松樹下面，衣褲擦破，手腳損傷。

走近察看，但見她的雙目緊閉，面無血色，呼吸紊亂。

「荷姐……」我輕拍她的肩頭，從表面看，她的傷勢不重。鞋印與斷枝在松樹後面一路延伸，顯然擄走荷姐的人把她遺在這裏，下山去了。看樣子，荷姐已無力掙扎，對方已取得所需？抑或因為我們趕到才捨下荷姐？

荷姐緩緩張開眼睛。

「她醒啦……」小耳朵喚道。

「呀！」荷姐乏力地舉手掩眼，目光遲鈍，臉容扭曲，樣子異常惶恐。

「是我呀，別怕，你看清楚，認得我嗎？」

我和小耳朵雖然滿臉黑污，亦不至於可怕，她的舉動、神色，顯然是畏光，不是畏人。

「我認得……你……是小耳朵……」她瞇起雙眼，雙手仍舉起擋在額前。

我檢查她的手臂、頸項，果然在側頸找到一個針孔，針孔仍滲血，注射的人相當粗魯。

「莫非，注射了『硫噴妥鈉』……」

「什麼是硫噴……妥什麼？」

「吐真劑。」我敷衍小耳朵，繼續追問荷姐：「誰替你注射？」

「一男……一女……」

「他們問你什麼？」

「白靈……的下落……」

「白靈在哪？」

「白靈……在……墾丁……」荷姐極不願意回答，但「硫噴妥鈉」的藥效未過，不由她不從實招來，她接着說了一個地址，我牢牢緊記。

「那一男一女呢？」

「往那邊跑了。」

「知道他們是什麼人嗎？」

「不知道。」

「從前見過他們嗎？」

「見過，在夜市，你來找我當晚，我提早離去，他們在居酒屋門外截住我，恐嚇我，還想帶我上車，我掙扎，周遭人多，他們不敢過分用強，最後被我逃脫。」荷姐一口氣說罷，垂低頭，閉目喘息。

當晚，我對她自問很客氣、很克制，她躲避我其實不合理，原來另有惡人出手，怪不得她要逃回鄉下。那一男一女到底是什麼人？同樣是追查白靈的下落，追查步伐幾乎跟我一致。

「我明白了，吐真是口吐真言，真好，輪到我提問。」小耳朵靠過來，把我擠開，「荷姐，我來問你，你要老實回答，不准隱瞞，製作七里香的秘方是什麼？」

「秘方……」荷姐緩緩抬頭，再睜開雙眼，但目光變得堅定，「休得放肆！」她咬着牙關，反手一巴，「啪」的把小耳朵摑得眼冒金星。

「硫噴妥鈉」的藥效已過。

5

我獨自站在「南下」月台候車，享受着和暖的陽光與料峭的東北風，這種天氣是一個絕妙的搭配，大大增加在春節到北海道一邊觀賞雪祭，一邊吃雪糕的期盼，可是日本的疫情嚴重，每天的確診者高達五位數字，就算沒封關，我也不敢入境。

又高又長的車站月台聳立在寬敞的平原上，聽說，地景設計的概念源自荒地裏的果樹，建築風格呈現一枝獨秀的高雅，也有一份鶴立雞羣的傲氣。來的時候，坐在雜貨店老闆的車內，經過歸仁十五路，我是側頭仰望路旁高大的木棉樹，現在已換了一個俯視的角度，木棉樹不再高大，就連樹頂梢頭我都看得一清二楚。

不是木棉花季，沒有紅花滿枝頭的盛況，眼下是敗葉滿路，禿枝蕭瑟，不過，二百多株沒花沒葉的禿樹平排在七百公尺的直路兩旁，各具形態，紮實沉穩，我們習武之人看在眼裏，加點想像力，不難聯想到少林木人巷的一個超級加長版，也是一個奇景。

大家都一窩蜂的集中在3、4月間到台南高鐵站賞花、打卡，網上圖片全是花開燦爛、笑容燦爛，現在的一片蕭條落拓，或許除我以外，沒人願意多瞧一眼，愛美惡醜、跟紅頂白各處一樣。畢竟是人之常情，無可厚非，正如我找到荷姐，問明白靈的下落，便甩開小耳朵，獨自南下。雖然小耳朵一再懇求繼續合作，說想到別的方法令荷姐透露七里香的秘方，但坦白說，喜怒無常的荷姐對於我，已沒有「利用價值」，雞屁股好吃不好吃與我無關，何況小耳朵雖無過犯面目可憎，我離這幫人的是非糾葛還是愈遠愈好。所以我毫不猶豫地跟小耳朵說聲「不要再見」，跳上雜貨店老闆的舊款日產轎車，告別麻豆鎮，直趨台南高鐵站。

頭頂的屏幕顯示，對面「北上」月台的列車即將到站，台灣的高鐵月台以行車方向劃分為「北上」和「南下」兩款，一點也不複雜，除非搭客不懂分辨目的地在南在北，搭錯車的機會絕無僅有。

未幾，承襲日系風格的700T列車減速入站，流線型的車頭、外觀玄黑的擋風玻璃、車身以白色為底搭配簡潔俐落的橘黑線條，給人一派高速而穩定的感覺。

車門打開，下車的下車，登車的登車，時間一到，司機馬上關門開車，分秒不差。

列車才剛離站，一雙男女氣急敗壞的從扶手電梯跑上月台，看樣子，是來晚一步「送車尾」。兩人看着列車遠去，不斷互相埋怨，頂撞幾句後，男的撇下女的，獨自拿着車票怒氣沖沖的跑回下層，大概往票務處辦理退錢或更換下一班列車的車票。女的沒跟着去，賭氣坐在長椅上，一臉不悅。

如果互不忍讓，結伴同遊的愉快，非常掃興地，會被一場吵架消弭淨盡。

「南下」列車到站，那男的還沒返回月台，我登車，對號入座。開車前，那女的依舊孤零零的坐在月台上，樣子由不悅變為憂慮，難道那男的一怒之下跑掉？

開車了，答案我不會知道，也無心知道。

事不關己。

沒有缺德的小耳朵同行，安坐車廂裏再沒有被人監視的感覺。

然而，我被人監視是因為小耳朵嗎？

疑點……重重——

不——太——對——勁——

哪……裏……不……太……對……勁……

荷姐在夜市遭一男一女截停。

愈想愈不對勁。

荷姐在土地廟被一男一女注射「硫噴妥鈉」。

湊巧地，時間都發生在我跟荷姐接觸之後。

看來，那一男一女全憑跟在我身後才找到荷姐。那麼，在「莒光號」車廂裏，其中一個或兩個乘客就是監視者，他或他們一路從台北跟蹤我到台南，我被人監視並非身旁的小耳朵違規吃喝，我才是目標，怪不得全程我都有一種被監視的感覺。

我的感覺沒錯。

那一男一女到底是什麼人？

我被他們跟蹤、監視竟沒察覺，這趟真是老貓燒鬚，抑或對方也是老手？

我拼命回想，在「莒光號」車廂裏不同的角落、不同的片段，零碎的影像在腦海中紛至沓來，想呀想，篩呀篩，拼呀拼，最後鎖定一個男人，當時他所坐的位置在我的左後方相隔兩列座位，由於當時我並不特別留意他，現在的記憶只是面目模糊、外形平凡、衣着普通，我只記得他身穿炭灰色的 Timberland 防水連帽外套，同一個人在台北車站購買車票時排在我們後面，也是同一個人在我們離開隆田火車站時走在我們身後，有人開車來接他，開車的人我沒看清楚，似乎是個女的，不過車子貼有租車公司的標誌，有點特別，之後，都是走同一條路線前往麻豆鎮，當時幾乎每輛在隆田火車站接載親友的車子，都走相同的路線，才沒引起我的懷疑。顯然，他跟在我們身後購買車票，知道我們的目的地後，通知夥伴在隆田火車站等候，高鐵的車速較火車的快許多，他的夥伴若乘高鐵南下，有足夠時間租車等他。

就是他們了。

他們是什麼來路？為什麼也要尋找白靈？

估計，起初他們沒頭緒，只靠跟在我的後面尋找機會，現在他們比我早一步知道白靈在墾丁，已佔了先機，反過來走在我的前頭，我不能怠慢，不可讓他們先找到白靈。

他們知道我的身分，我卻不知道他們是誰。

不公平呢！

我記得，居酒屋正門的牆角安裝了CCTV鏡頭，「莒光號」車廂內也有，於是打電話回香港請情報組的露絲幫忙。

情報組的能幹沒令我失望，高鐵列車剛開進高雄市範圍不久，露絲回電，告知一個不利於我的調查結果。

結果雖然不利於我，但我早就猜中幾分，已有足夠的心理準備，沒慌張，沒自亂陣腳，從容前進，謹慎地面對無可避免的挑戰，期待與對手在墾丁正面交鋒。

3

執迷的代價

在台南墾丁名勝，阿 wing 捲入了一場悲劇，更與其他特工機構周旋。

3 執迷的代價

1

清晨，消防警鈴的聲音打破古城的寧靜。

鈴聲其實不算大、不算吵，由於巷弄實在清靜，顯得特別刺耳，就連幾隻伏在屋頂和電線桿上休息的大卷尾麻雀也不勝其擾，發出一陣似是抗議的「吱吱唧唧」後，紛紛拍翼飛往東邊的樹林。早起鳥兒有蟲吃，牠們應該感謝那鬧鐘的主人呢！

是鬧鐘嗎？不是消防警鈴？

沒錯，聽清楚，那是一台把音效設定為消防警鈴的鬧鐘，鈴聲來自對面二樓其中一間套房內，大概放在一個牀頭几上。這一帶的巷弄全都樓高兩層，地下夾雜住家和店鋪，二樓全是住家，部分是出租屋或民宿。睡前調校鬧鐘，在該起牀的時間來一次morning call，任誰都會這樣做，正常的反應是一被吵醒，立即把響鬧按停，才起牀梳洗或鑽回被窩繼續懶牀，容讓鬧鐘一直響下去就是反常，擾人清夢，時間一久，鄰居定會生氣。

果不然，隔壁二樓的窗門首先打開，有人破口大罵，接着是斜對面，之後是樓下。沒多久，樓下的柏油路，通往「肇事單位」的樓梯鐵門前面，漸漸聚了一些穿着睡衣的鄰居，以上了年紀的街坊居多，人數愈來愈多。有人拍打鐵門，有人不斷按響門鈴，有人打電話找房東、找警察，大家七嘴八舌地責怪那鬧鐘的主人，亦即二樓的租客，充分體現出鄰居守望相助、同仇敵愾的一致立場。聽清楚，原來已經連續第二天了，難怪大家如此氣憤。初時，大家只埋怨二樓的租客沒公德心，漸漸有人擔心那租客的安危，由病倒、昏迷，談到暴斃，甚至變成腐屍，狀況愈說愈惡劣。

擾攘了七、八分鐘，騎機車的警察、騎單車的房東差不多同時到場。

警察是個等待退休的叔叔，房東是個已退休的伯伯。

房東伯伯大概人緣不好，大家看見他，完全不留情面地遷怒於他，把睡眠不足的怨氣盡都發洩在他身上，斥責他見錢開眼，胡亂把房子租給不懂禮貌的外地人。聽起來其實挺冤枉，本地人都有自己的房子，房東伯伯不租給外地人還可租給誰？鬧鐘擾民可能是意外或疏忽，只要沒拖欠房租、沒損壞家具、沒亂丟垃圾，租客已是及格有餘，懂不懂禮貌與租房扯不上關係，通用租約的條款之中並沒一項訂明租客要懂禮貌。看樣子，房東伯伯欲與眾人分辯，但羣情洶湧，他也慌了，只露出一副有口難言、百詞莫辯的可憐相。

警察叔叔倒也圓滑，一面充當和事佬，勸大家少安毋躁，一面催促房東伯伯快點開門，如果租客昏迷就要趕緊召喚救護車，若然失救在房內死掉，房子變成凶宅之後就沒人承租，他特意提醒房東伯伯，之前的租客由這裏被送入醫院已屬不吉利，不能任這房子「污名化」加深。房東伯伯一聽，更是方寸大亂，沒開鎖就想開門，門當然打不開。後面有人推他的背，質問他為什麼不帶鑰匙。他恍然大悟，急忙從口袋裏摸出鑰匙，但他手抖腳顫，拿不穩，鑰匙不小心掉落，腳尖又踢到掉落的鑰匙，「卡」的從門底滑進門後。

大家登時愣住了，目定口呆了幾秒鐘，罵聲再起，這次罵得更兇，警察叔叔也勸不住，幸好民宿老闆娘人急智生，在牆邊拾起一根生銹鐵線，把它拉直，在尖端拗成一個鉤，交給警察叔叔。警察叔叔請旁邊的人開啟手機的電筒功能，一起蹲下，屈身低頭，藉着電筒亮光，用鐵線把鑰匙從門底扯出來，贏得大家齊喝聲彩，房東伯伯才稍稍吁一口氣。

警察叔叔嫌房東伯伯笨手笨腳，沒把鑰匙交還他，逕自把鐵門打開。

圍在後面的街坊之中，部分頑固分子仍認定租客貪睡，怒氣填胸的，人人捋起衣袖，個個磨拳擦掌，打算一哄而上。警察叔叔轉身面向羣眾，高舉雙手，氣定神閒地吩咐：「大家在此等待啊，不要妨礙警察辦事呢。」然後以不疾不徐的步伐踏上梯級。

阻差辦公，可大可小，大家唯有聽從，停下來，靜下來，氣也慢慢消了幾分。

未幾，鬧鐘鈴聲停了，看來警察叔叔成功把鬧鐘「制伏」。

「揪他下來，向大家道歉啊！」有人在樓下喊道。

「對呀！道歉……」

「人下來了，別吵。」

「咦？怎不帶他下來？」

看時，警察叔叔獨自從二樓下來，手裏拿着鬧鐘，特別提高聲線，對房東伯伯說：「裏面根本沒有人。這個鬧鐘暫時由警方保管，叫你的租客到派出所領回。就這樣決定，回家吧。大家都回家吧。放心，案件由警方跟進，一定還大家一個公道……」

既然警方跟進，街坊的氣亦已下了，便陸續散去。

湊完熱鬧，意猶未盡的民宿老闆娘找不到人搭訕，才慢慢踱回這邊的二樓，用拉直生銹鐵線的手拎着我的早點，見門打開，在門板上象徵式的叩了兩下，笑道：「原來你也被吵醒喔。我替你買了培根蛋餅和米漿，趁熱吃。」

「謝謝。」我仍靠在臨街的窗前，笑了笑，「對面的鬧鐘問題圓滿解決了。」

「阿努伯的租客本來沒什麼的，只是沒禮貌，平日我行我素，對人不瞅不睬，但從不生事，這兩天因那鬧鐘才招惹麻煩。」民宿老闆娘把食物放在桌子上，卻無意離去，「小伙子少不更事，已經是大學生了，思想行徑還那麼幼嫩。」

「什麼小伙子？大學生？」我暗吃一驚，仍保持鎮定，「那租客不是女的嗎？」

「是個男生喔，聽阿努伯說，他在台北唸大學，不知什麼想法，休學一個學期，來我們這恆春古城體驗生活。」

「嗄？」我回望對面的二樓，地址是荷姐在麻豆鎮時告訴我的，我沒記錯。

「對呀！我最初聽見，也給嚇了一跳，好端端的，有學不上，老遠從北部跑到南端，什麼體驗生活？不切實際，終日游手好閒，如果我是他的媽媽，一定綁他回家好好唸書⋯⋯」

「等一下，對面的租客是個大學男生，對嗎？他來了多久？」

「沒錯。那小伙子來了差不多三個月，他最初跟阿努伯說租住一個學期，下學期回台北上課，如果是真的，下個月該離開恆春。現在他滋擾鄰居，阿努伯最怕投訴，即使他要求續租，阿努伯也不敢留他⋯⋯」

民宿老闆娘繼續喋喋不休，但我再也聽不進。

地址沒錯，為何租客不是白靈？難道荷姐欺騙我，但她受到「硫噴妥鈉」的藥力影響，不可能說謊；難道白靈欺騙荷姐，但她們是好姊妹，互相信任。要不然，白靈曾租住對面二樓，三個月前離開，還沒通知荷姐。

「剛才⋯⋯」我突兀地打斷民宿老闆娘，「那警察在樓下說阿努伯曾有租客送入醫院，到底什麼一回事？」

「那件事嘛⋯⋯」民宿老闆娘眼珠一轉，眉毛一揚，「本來大家都不願多說，阿努伯更加不想提起，你要答應我不傳開去喔，我見你是個老實人，告訴你吧。」她壓低聲線，「是 COVID-19 呀。」

「原來是 COVID-19。」我也壓低聲線，「是確診病例還是密切接觸？」

「一個確診，一個密切接觸。」

「兩個租客嗎？」

「對，兩母女，跟你一樣，也是從香港來的。她們租住了一段日子，大約三個月前，有一天，毫無先兆的，疫情指揮中心的人如臨大敵的到來，個個身穿保護衣，把女兒送進隔離中心，原來媽媽前兩天不適入院，前一天確診，之後不見她們回來。因為是確診個案，市政府大為緊張，馬上封鎖附近十多條巷弄，我們都要接受檢測，幸好全都陰性，最終平安解封。後來聽說媽媽早前在高雄受到感染。阿努伯把房子徹底消毒才敢放租，那個沒禮貌的大學生不知就裏租了下來，也沒人提醒他。」

「那兩母女真可憐，年紀多大？」

「女兒二十幾歲，看樣子不到三十，母親六十左右。」

應該就是白靈和她的師父。白靈自幼在孤兒院長大，師父就是孤兒院的院長。相信她們以母女相稱，日常辦事較為方便。

「過了三個月，她們想必已經痊癒，不回來居住，也該取回行李吧？」

「也許有吧，我沒見過，阿努伯就是不說，也可能政府派人來取了，總之，我不知道，也沒聽人說過。」

我喝一口米漿，回望對面二樓，白靈不在，又撲一次空？

米漿第一次喝，有點甜，有點稠，像BB吃的「餬仔」，不難喝，但不算可口。

撲空？倒也未必。

因是確診個案，政府一定記錄在案，仍有線索追查。

恒春此行，終可以告一段落？

仍未。

我不能放棄任何線索。白靈曾在對面二樓住了一段日子，在緊急狀況下被防疫人員帶走，或多或少留下一些東西，如果行李仍在，線索就更多了。我昨天到達恒春，沒有第一時間到樓下拍門，改為租住這間民宿，目的是避免跟白靈正面衝突，先行監視。其實我的監視還包括等候MI6特工李森美現身。李森美即是那個在「莒光號」車廂跟蹤我的男人。露絲擷取車廂的CCTV紀錄，查出他的身分，至於那個女的，估計也是MI6特工，外貌仍未確定，由於居酒屋門外的CCTV系統沒上網，硬碟記憶屬於循環覆蓋，當晚他們在門外企圖脅持荷姐的紀錄早被新的紀錄替代。

我們不知道MI6特工為何插手，或跟倫敦的浮屍有關，即使問他們也不會老實回答，唯有以靜制動，這趟輪到我在暗、他們在明。大家都身在恒春，小城小社區，陌生人不易隱藏，且看誰不小心先暴露行蹤。

走着瞧吧。

2

傍晚，「叮叮噹噹」的音樂鈴聲從路口傳進巷弄。

在香港，常在馬路上播放音樂的車子是雪糕車，在台灣則是垃圾車。雪糕車來了，香港的小朋友在路邊排好隊；垃圾車來了，台灣的主婦則拎着一袋袋垃圾在路邊等候。美味冰涼的軟雪糕沒小孩不愛吃，而且吃得點滴不留。污糟邋遢的垃圾沒人願意把它們在家中多留一刻，時間一到，大家都準時把包好的垃圾帶到街上，點滴不留。

台灣的垃圾車分停車與不停車兩種，前者在指定的地點停車兩、三分鐘，停留時間一過，便開往下一站，逾時不候。民宿所在的巷弄屬於不停車路線，垃圾車開到巷口時，司機改為慢速行駛，跟車工人打開垃圾車斗的尾蓋，讓街坊把垃圾投進車斗內。大家的共識是人候車，車不候人，慢駛路段一過，司機便加速開往下一站。

就在扔垃圾的街坊行列後面，一個戴漁夫帽的男生姍姍來遲，看樣子，他像三天沒睡覺似的，一臉沒精打采，左眼角還積着一顆2mm厚的眼垢。當垃圾車開始加速，他才趕到扔垃圾，距離一下子拉遠，他的眼界和手勁都不足，垃圾袋落在車斗邊，反彈落地，眼看即將摔得垃圾滿街，我蹤身躍出馬路，左腳前踢，腳尖及時在垃圾袋觸地前把它挑起，如果是個足球，我會挺胸控球，再用左、右膝互傳幾下，現在是一袋髒兮兮的垃圾，當然不能沾身，當它從空中落下，我旋腰橫踢使個「轉身擺蓮」，在車斗蓋完全關上前，用右腳底把它掃進已駛遠的垃圾車斗內。

「嘩——」街坊無不驚訝。

「謝……謝謝……」他連連點頭，突然想到什麼似的，除下漁夫帽，露出看來好幾日沒有梳洗的蓬鬆亂髮，再從耳孔內挖出一雙藍芽耳機，改用正常對話的聲線再說：「謝謝你。」這趟我才感到他的道謝多添幾分誠意，怪不得人家批評他不懂禮貌、對人不瞅不睬，原來雙耳戴着藍芽耳機聽音樂，不察覺別人跟他說話，同樣，人家也不察覺他的漁夫帽底下的耳孔內塞着藍芽耳機，於是引起溝通上的誤會。

3

他打開大門，房子內飄出一股家具、地板、牀鋪、窗簾長期沒清潔的霉味，他稍稍欠身，不好意思地說聲「請進」。

待我內進，他關上門，再掛上門鍊，「喀啦喀啦」的轉動門把，確定門已上鎖，鎖亦牢固，才開亮電燈，急急跑到窗前，撥開窗簾，拉開一扇趟窗，扣緊窗門的防蚊網，可是網上有幾處破洞，形同虛設，幸好我只逗留一會，在蚊子來襲前撤離，希望他放在書桌底下的電蚊香，今晚能發揮作用。

雜物凌亂的書桌上，最醒目的設備是一台星夜黑外殼、十六吋窄邊框屏幕的專業電競筆電，接駁RGB全音域曲面電競機械藍芽喇叭，以及重裝戰狐電競鍵盤。他原來是個專業的「競賽選手」，失覺了。

「隨便坐……」話剛脱口，他察覺失言，環顧房子，根本沒一處地方適合客人安坐，他立即俯身挪走椅上一堆看似多天沒洗的衣服，把它們扔到睡牀上，才敢用較肯定的語氣再説：「隨便坐。喝啤酒嗎？」搓着手轉身，拉開雪櫃。驟眼看過去，裏面主要放着兩種東西：罐裝啤酒、盒裝雞蛋。不待我回答，他已取出兩罐啤酒，遞了一罐給我。他見我瞧着雪櫃裏的雞蛋，應道：「我很愛吃蛋，尤其是土雞蛋，三餐必備。」

一日三餐，每餐一顆，以十二顆一盒的雞蛋計算，四天吃一盒，一個月吃七盒半，他在這裏住了差不多一個學期，如果多住一個學期，至少消耗六十盒共七百二十顆雞蛋。

「你不是仍相信吃蛋引致膽固醇升高這種錯誤觀念吧？近幾年的科學研究已為雞蛋平反了。一顆雞蛋約含二百毫克的膽固醇，當中以好膽固醇 HDL-C 佔大多數，而且，蛋還有豐富的蛋白質、維生素，以及鋅、葉黃素、葉酸等成分，營養價值很高。」

「雞蛋的益處我知道。」我「卜」的拉開啤酒罐的拉環，「我在想像這雪櫃被六十個蛋盒、七百二十顆蛋殼淹沒的景象。」

「你說什麼？」

「算了。我經常意識流，你不必理會。我們言歸正傳吧。」

「你想談什麼？」

「這房子三個月前曾有 COVID-19 確診者居住，你知道嗎？」

「知道。簽訂租約前房東告訴我。」

「你不害怕？」

「害怕什麼？」他也拉開拉環，「骨碌骨碌」的大口吞飲啤酒，「岳」的打了一個嗝，拍着肚子道：「房子已消毒，房東又主動調低租金。租住這裏，我有益無害喔。」

「在你租住後，前任租客，即那兩母女，有沒有回來？」

「沒有。」

「她們可有行李留下？」

「有呀。房東跟她們失去聯絡，便把她們的物品收進那邊的幾個瓦楞紙箱裏，囑我讓她們拿走，如果她們回來的話。可是，一直不見她們。」

「能讓我看看她們的東西嗎？」我相信白靈不會回來，因為下午我打了幾通電話，查到白靈的師父三個月前確診 COVID-19 後，病毒嚴重破壞器官細胞，送院當日，病情急速惡化，死於肺炎。而白靈經檢測確認不受感染，她後來離開隔離中心，把師父的遺體火化，携着骨灰再度不知去向。由於她的行蹤因師父確診而曝光，她不會返回恒春古城，儘管她遺下的行李，估計都是隨時可捨棄的身外物，但我仍想看看。

「我看……不大合適吧，始終是人家的私人物品。」他雖然説得對，我亦樂意做一個君子，然而，如登門的換上是李森美，便沒私人物品的考慮，與其不合適，就讓我先看吧。

「其實，物主是我的朋友，香港的親友失去她們的音訊已一段日子，大家都很擔心，我專程從香港追查到來，為要知道她們的下落。請你讓我看一下，我保證不拿走或破壞任何東西。」

「那，好吧。」他坐在牀上，讓出通道，「就當作我還你那個掉垃圾的人情債。」

「謝謝。」我走到牆角，撕掉疊在最頂那箱的封箱膠紙，打開箱蓋，大略翻看，不出所料，裏面全是衣物。按理，重要物件白靈會隨身攜帶，留在這裏的該是不要緊的東西。不過，既然開了一箱，無妨多開一箱。

「我躺一會，你自便吧。」他喝光啤酒，把空罐捏扁，扔進牀尾的垃圾桶裏，然後除掉波鞋，把牀上的衣服推到牆邊，躺平壓在棉被之上。

「你昨晚沒好好睡覺？」我打開第二箱，也是衣物。

「睡了一會，我在墾丁大街認識了一些新朋友，這兩天在其中一個的家裏玩。」他打個呵欠。

「離家之前怎不關掉鬧鐘？」

「那是即興的，本來沒打算過夜，更沒打算連住兩晚。」他閉着眼睛說，「唉！別說了，已經夠糗了，我在派出所被警察訓斥了一頓，又被房東下逐客令，約滿不再續租。」

「乾脆回台北唸書吧。」

「我可能搬到墾丁大街，多住一個學期，還沒拿定主意。」

「繼續休學？為什麼？」

「我今年大四了，畢業等於失業，所以我想延遲畢業，學生的身分能享用多久就多久。我的心情你不會明白……」

「叮——咚——」

有人在樓下按響門鈴。

「誰呀……」他慵懶地作了一個一百八十度大翻身，不情不願地爬起來，搓揉雙眼，穿上塑膠人字拖，拉開大門，「啪嗒啪嗒」的跑下樓梯。

我繼續打開第三箱。

樓下傳來開門及關門的聲音，卻沒有對話聲，接着是有腳步聲拾級而上，仍是一個人的腳步聲，但奇怪得很，上來的人並非穿着塑膠人字拖，而是皮鞋，他雖然刻意放輕腳步，但硬韌的皮革鞋底踩在石階表面發出的「咯咯」聲，隱約可聞。

來者何人？

男學生去了哪裏？

我悄悄移到門邊，靠着門框，探頭偷偷瞧一眼樓梯，那不速之客果然是李森美。

「嗨，阿Wing。」他剛巧抬頭，也看見我。

「嗨，李森美。」我唯有大方地站到門前，那句虛情假意的「歡迎光臨」怎也說不出口。

「呵，原來你已將我起底。也好，省卻自我介紹。」

「你把他殺了？」我指着蜷伏在樓梯下一動不動的男學生。

「噢，不，我橫看豎看也不似冷血殺人狂吧？」李森美來到我跟前，晃動手上的小型電槍，「希望他醒過來後，腰和背不會痛得太厲害吧。不過，這也是為他好，他知得愈少愈安全。」

「你不是也想電擊我吧？」我退後，盯着他的電槍。

「當然，不敢。」李森美趕緊把電槍收進Timberland外套的口袋裏，「阿Wing是武林高手，特工界無人不知。向你動粗，等於自討苦吃，我才不這麼笨。」

「言重了。」我仍小心戒備，不會因他的表面恭維而掉以輕心，雖然打倒他並不困難，但他的女拍檔尚未現身，說不定她躲在外面某個制高點、擎起狙擊槍找機會瞄準我的頭。

「那幾箱是白靈的物品？」李森美大模廝樣地登堂入室，「可以跟我共享情報嗎？反正，你我的所屬機構素有合作的先例。」

「你隨便吧。」我擺手，「不用客氣。」

「那些只是普通的衣物？」他反方向走到窗前，把另一扇趟窗也拉開，「這裏真臭，男孩都不懂家居清潔。」

「你的拍檔呢？」我瞧着窗外，「她會不會就在外面某處用狙擊槍瞄準我？」

「當然不會囉，呵呵，我跟你的狀況不至於落到如此惡劣，呵呵……」他皮笑肉不笑，「她另有事辦，人不在恒春。」

「對，我們的目標都是白靈，找到共識，就能合作。」我頓了一頓，接着道：「可是，你的舉措似不良競爭多於坦誠合作，例如暗中跟蹤我，鬼鬼祟祟的，既然有心合作，何不開心見誠？」

「是你鬼祟在先，掩飾身分秘密入境台灣，我的老闆曾詢問你的老闆M，M支支吾吾，惹人懷疑。」

「M口齒不清，詞不達意，經常引起誤會，你們多疑了。至於我，我是特工，行事當然要低調、掩藏，你入境時也不會向台灣海關出示MI6的證件啦。」我言之成理。

「說的也是。」他無話反駁。

「這幾天，你事事搶先我一步，大可不必找我合作。」

「第一，恆春地方細小，我們遲早碰面，打聲招呼，避免誤判。第二，我相信，追蹤白靈的線索已斷，我們一齊鑽入死胡同。我的拍檔剛到過白靈入住的隔離中心，查不出有用的資料。所以，我們應該開誠佈公，共享情報與資源，辦起案來事半功倍。」

「提議不錯。」我見他無意檢查白靈的舊衣物，便繼續打開第四箱，邊看邊問：「我不明白，追查一宗尋常的倫敦命案，出動國際刑警已經足夠有餘，來的竟是MI6特工，英國當局未免過度使用武力吧。」

「你我都是特工，你能插手，為什麼我不能？」

「我跟白靈算是同僚，在公在私，我插手都較你合適。」我在一件女裝外套的口袋裏摸到一本記事簿，掏出來，掀開略讀一下。

「寫着什麼？」

「沒什麼。」我把記事簿放進褲袋裏。

「我們不是說好共享情報的麼？」

「第一，共享情報是你的提議，我還沒答允。」我隔着褲袋拍拍記事簿，「第二，這不算是情報。」

「算不算是情報，由我決定。」李森美隔着外套的口袋拍拍電槍。

「當心錯拍開關，把自己電暈。」

「你擔心自己吧。」李森美取出電槍。

「不要動粗，和氣生財，你要，給你。」我拿出那本記事簿，拋過去。

我出奇地合作，超乎他的預計，他非但不敢接，反而退後，直至背部碰到窗門的防蚊網。大概他以為我採用聲東擊西戰術，藉拋出記事簿分散他的注意力，乘機偷襲，但我除了拋簿，再沒其他動作。

記事簿打在他身上，丟落地板，就在他的腳前，他猶豫片刻，小心翼翼地拾起記事簿。他摸不透我的意圖，表情變得模糊不清，臉上露出尷尬的微笑，又像為掩飾尷尬而微笑。

我依然垂手而立。

他掀開記事簿，一頁接一頁，雙眼時而看我，時而看簿，表情漸漸僵住了，沒有微笑，不再尷尬，最後停在一副老羞成怒的惡相。

「記事簿是空白的。」輪到我露出微笑，「一試你就露出馬腳。」

「可惡……」

「你到底有什麼圖謀？」

「不干你的事，你知機的，就滾回香港，不要插手白靈的案件。」

「看來，合作不成，我們變成競爭對手了。」

「競爭，休想。」他待要動粗，「我不會給你機會……」

「嗡……嗡……」

「喲——」他反手拍打後頸，沒猜錯，他的後頸被蚊子叮痛。

蚊子突然「助攻」，機不可失。趁他分神，我一個箭步搶佔中路，撲到他身前，左手抄起書桌上的「戰狐」鍵盤，擋開他的電槍，右手穿掌似流星，掌指發勁，由下穿橋而上，拍擊他的下顎。他慘叫一聲，仰頭而倒，把背後的防蚊網壓歪。我乘勢奪去他的電槍，抵住他的胸口，按鍵，以其人之道還治其人之身，替男學生復仇。

電槍雖小，但電力強勁，李森美被電得渾身震顫，隨即失去知覺，軟倒地上。

防蚊網釋出微量焦臭。

原來幾隻蚊子慘遭波及，燒焦了，黏在網上。

我放低電槍，搜查李森美的衫袋、褲袋，找到銀包、手機，銀包裏有信用卡、身分證、駕駛執照，還有很多現鈔，都不管用，手機需要輸入密碼解鎖，他昏倒，不能告訴我，即使清醒也不會告訴我。要破解密碼，總有辦法。

「發生什麼事？」身後，男學生爬回二樓，反手揉着腰背，又驚又怒地指着躺在地板上的李森美，「這傢伙拿電槍攻擊我，他是什麼人？」

「報警吧。」我收好李森美的手機。

「是。」男學生拿起自己的手機，「我該如何跟警察說？」

「說……他入屋打劫。」

「打劫我？我家有什麼給他打劫？」「喂，喂，是派出所嗎？我遇上劫匪，劫匪闖進我的家，還用電槍襲擊我……」

4

男學生默默吃着鬆餅。

他看來很愛吃甜食，或者受驚後多吃糖分有助壓驚，知道我不要糖漿，他把我那份也倒在自己的鬆餅上，連同牛油均勻地塗抹鬆餅表面，再小塊小塊的切開，叉起一塊滴着牛油糖漿的送進口裏，細細咀嚼，非常專注，一臉陶醉。

如果我是咖啡店老闆，看見他這副幸福的吃相，一定給他一張VIP卡，鼓勵他多來吃東西，充當咖啡店的「生招牌」。

在診所、派出所折騰了兩個鐘頭，總算忙完了，現在安安靜靜地坐下，喝杯咖啡，吃件鬆餅，可以鬆一口氣。他既然不作聲，我亦樂意享受這一刻的寧靜。

這個時間，李森美該在押送高雄警局途中。剛才，救護車到場前，李森美甦醒過來，由於他堅稱無恙，警察便把他押到派出所，他一直行使緘默權，不回答任何問題，扣押期間，警察讓他打了一通電話，不久之後，派出所收到上峰通知，要把李森美轉解高雄警局。小鎮派出所平日沒大案可辦，慣於處理偷雞摸狗的「老差骨」早已嗅出李森美是個燙手山芋，巴不得把他送走，當然馬上執行轉解命令。

估計 MI6 暗中斡旋，李森美最終獲得釋放，不過身分曝光，他會被安排盡快離開台灣。

我的競爭對手就剩下他的拍檔。

坐着無聊，嘗試插入裝置，使用間諜程式開啟李森美的手機，看看裏面的資料，例如他與拍檔的對話訊息、對方的照片等，可是，手機的保安系統誇張的嚴密，一次輸入錯誤密碼，就自動銷毀所有檔案，變成廢膠一件，得物無所用，且還殃及我的裝置，這回真是偷雞不着蝕把米。

男學生仍吃得津津有味。

我喝了一口咖啡，放棄手機，取出白靈的記事簿，細細翻閱，全新的，內頁空白，沒寫過一個字，也是得物無所用，在棄與留的考慮之間，無意中在記事簿的皮套夾層內找到一張VIP卡，由一家在高雄市的咖啡店發出，已蓋了四個店印，多蓋一個就贈送免費咖啡一杯。

白靈經常光顧這店喝咖啡？

「我吃飽了。」男學生完成把兩件鬆餅和一份奄列從碟到胃的「搬遷」工作。

「你很享受吃東西。」

「民以食為天，能吃是一份福氣，我珍惜食物，把每次進食都視為神聖的任務。」雖然聽了會使我發笑，他的態度卻非常認真。

「坐食山崩。」為了掩飾忍不住發笑，我語帶相關地打趣。

「明白的。」他的表情更加嚴肅，「花光儲蓄後，我會努力做兼職掙錢，為下一趟休學作好準備。」

「你不能長此下去，學生總有畢業的一天。父母方面，你也要作個交代。」

「我已長大成人，父母給我自由、尊重我的決定。」

「你有毛有翼，要行要躺，他們拿你沒辦法。」我搖着頭說出長輩的無奈。

他似要出言反駁，剛啟齒，像想起什麼，還是閉上嘴巴。他或許想到我的下一句，或許他已聽得太多，懶得反駁。氣氛一下子沉寂起來。我們之間的對話就這樣結束。他戴上藍芽耳機和漁夫帽。我亦無謂多言，年輕人的想法我不明白，我又不是他的父母、師長，即使是，管得了嗎？

吃完東西，返回住處，雖是同一條路，但我們像各走各路的陌生人，我們的確是陌生人，就連最基本的姓名也互不知道，明天我便離開恆春，此生多半不再碰面，若干年後，對方的輪廓也會變得模糊，今晚的「入屋打劫」，也許只是他年輕時的一次奇遇，到了人生晚年，向子孫說的一個牀邊小故事，如果他有子孫的話。

回到巷弄，再見也沒說，各自掏出鑰匙，準備開門。

驀地，他在背後發出一聲驚叫。我轉身一看，原來在他的門外暗角站着一個「帽兒人」，他被那人嚇了一跳。

那人難道是李森美的拍檔？

我快步過去，擋在男學生身前，按着那人的肩頭，掀開那人的帽兒，喝問：

「幹什麼的？」

「阿Wing，是我。」

「你？小耳朵！」

5

秋冬季節，恆春半島的日溫差變化很大，日間太陽高懸，在墾丁街頭，人們盡都T恤短褲，熱得滿頭大汗的大不乏人；但當太陽下山後，氣溫驟降，若遇上墾丁著名的「落山風」，整個半島落入冷氣團的包裹，這時候，在台北的服裝店櫥窗花枝招展的秋冬系列，就大派用場。

小耳朵高高拉起棉外套的拉鍊，戴上帽兜，扯長衣袖裹着雙手，瑟瑟縮縮的在前頭走着。

荒郊野地，風又緊又冷。

出發前，我向民宿老闆娘借用電筒。她知道我要去看「出火」，特意借一枝強光的給我，正如她所說，通往「出火」的步道沒路燈，今晚烏雲又多，沒電筒，周遭黑得伸手不見五指，根本看不清路徑。在這種冷颼颼的夜晚，居民都躲在和暖的家裏吃火焗、看電視、上網、玩手機、或享受高牀軟枕；在戶外活動的話，選擇就不多了，唯一想到的只有泡風呂溫泉。像我一樣，冒寒摸黑跑到城外看「出火」，只有外地人才作這種好奇的事，難怪民宿老闆娘借電筒給我時，臉上雖帶笑，但眼神沒半點笑意，表情反映心思，只差那句「出火有什麼好看」沒說出口。對我來說，當然沒什麼好看，只是非去不可。

「出火」在恆春城東門外的近郊，本是地底天然氣在地面洩冒的孔隙，火苗長年不滅，下雨也淋不熄，後來被觀光局包裝成一個遊覽景點，本地人早已慣見不怪。

我不是來遊覽的，對「出火」沒興趣，我去是因為荷姐在那兒等我。

經過空無一物的偌大停車場，走下石級，在羊腸小徑拐了一彎又一彎，電筒雖屬強光型號，但在這片漆黑野地，電筒光線照在黑深深的夜幕上，能見度仍是極低，還好，步道上並沒木石雜物，去路無阻，我們可放心急步前行。

多走一段落坡路，穿出林間，前面出現大大小小的赤焰，在岩隙之間隨風搖曳，上下竄躍。岩隙地表燒得一片焦黑，寸草不生。四周風吹樹擺，火光熊熊映照枝葉之上，只覺鬼影幢幢。

更詭異的，火光之中，一人披着紅色的圍巾，木然站在「出火」外圍的圓形矮欄旁邊。

我搭住小耳朵的肩頭，低聲問：「那人真的是荷姐？」

「半夜三更，在這種鬼地方等你，不是她，還有誰？你快過去，我完成任務就撤，天氣這麼冷，我才不陪你們發瘋。」

二十分鐘前，小耳朵在男學生的樓下向我交代前事。在麻豆鎮，「硫噴妥鈉」的藥力過後，荷姐的精神狀況變得更壞，正常的、清醒的時間漸少，恍恍惚惚、胡言亂語的時間漸增，家人唯有把她送進醫院。小耳朵眼見查探七里香秘方波折重重，荷姐看來難以好轉，成功的機會愈見渺茫，決定放棄，昨晚訂好車票，收拾行李和心情，打算今早返回台北，另謀出路，從此忘記七里香。才躺上牀不久，他竟接到荷姐從醫院打來的電話，荷姐的言談十分正常，聲音平和，內容有條有理，她告訴小耳朵願意把七里香的秘方傳給他，唯一條件是帶她離開醫院，南下墾丁找到紹裘。

「我不是紹裘。她瘋，你不瘋，你明明知道我是阿Wing。」

「我當然知道你是阿Wing，你姑且陪她多瘋一晚，她也答應告訴你白靈的最新消息。」

唉！我還有選擇嗎？已作好最壞打算，大不了真的陪她放一次天燈，幸虧月黑風高，四野無人，也不至太糗。

「喂！荷姐，我為你把紹裘帶來啦。」小耳朵殷勤地走到荷姐跟前。

荷姐毫無反應，獃獃的，低頭瞧着火焰，她不會冷僵吧？

應該不會，天然氣供應源源不絕，火焰燒得熾盛，在矮欄外圍仍感到熱氣蒸騰。

小耳朵拍拍她的肩，指着我，再說一遍：「紹裘來了。」

「紹……裘……」荷姐緩緩地抬頭，失神地望着我，目光渙散，表情呆滯。她病得很重呢！應該留在醫院，不，應該留在精神病院。我後悔答應小耳朵跟他跑來這裏。

「喂，小耳朵，你帶她回醫院吧。她有病呀！」

「等一等，我們明明說好，你不能反口。」

「我們都是健康的人，我有我尋找白靈，你有你研究雞屁股，各自努力嘛，不用把希望寄託在這個精神錯亂的病婦身上，而且，她的話，信不過。」

「你別走。」小耳朵急急扯着我，回身拉荷姐的手，「荷姐，他要走了，你快告訴我七里香的秘方，不然，我放他走。」

「你也有病嗎？」我甩開小耳朵，揪住他的衣領，掄起拳頭，罵道：「你要陪她瘋，我不阻你，我要走，你別攔我，否則，我對你不客氣。」

「你想知道白靈的新消息嗎？」荷姐一下子變得異常清醒，步履平穩地走到我背後，「而你，我也可以透露七里香的秘方。」

「你先告訴我。」小耳朵精神大振，大力掙脫我，湊到荷姐面前。

「你心急要知，我偏不說，嘻嘻。我告訴你白靈在哪，讓你去找她。」

「你要說就說，不要裝神弄鬼。」

「嘻嘻，白靈死了。我可以送你一程，一起去見她，嘻嘻。七里香的秘方就在我的圍裙裏，除了基本醃料，烤火前還要抹一層獨門香料……」

「啊！我明白了，怪不得你從不讓我碰你的圍裙。你使用什麼香料？」

「你有機會找到我的圍裙，翻開內袋，把香料倒出來，自己研究吧。」

「你乾脆告訴我香料的秘方吧？」

「白靈怎死？」

「肺炎。嘻嘻，秘方不得外傳，我答應過師父，不能欺師滅祖。」

「我也算是你的徒弟。」

「你還沒拜師。」

「我發誓保密，不透露給第三個人知道。」

「他也聽見，他不是第三個人麼？」

「我懶管你們的雞屁股醃料、香料，喂，死於肺炎的，不是白靈的師父嗎？」

「只有死人才保密，我特別恩准你跟我和紹裘一起殉情。」

「嗄？」

「嗄——」

荷姐從圍巾下取出一個樽形的塑膠容器，樽口散發陣陣刺鼻的氣味，嗅得出，樽內的不是飲品，而是易燃液體。想起她那句「殉情」，我就心底發毛，心諳不妙，急忙退後，卻被她緊抓手腕，她的力氣出奇的大，我一掙竟掙不脫，反被她拉近。站在我和她中間的小耳朵，頓然被我們夾着，寸步難移。

「哎呀，你噴什麼在我身上呀？」小耳朵駭叫。

易燃液體的氣味更加濃烈，混亂之間，隔着小耳朵，我也給沾了不少。身上是易燃液體，旁邊是「出火」，隨時惹火上身，情勢危急，為求脫身，我翻掌切腕，以重手法屈折荷姐的手腕，逼她鬆手，可是她仍牢牢不放，我再使力，「喀勒」一聲，腕骨折裂，一般人會痛得休克，她卻渾然不覺，還仰天狂笑，雙目通紅，面目猙獰，令人心寒。

儘管她不知痛楚，腕骨畢竟被我折裂，再也抓我不牢，我隨即擺脱他們的糾纏，慌忙逃開。

就在此時，荷姐把易燃液體噴向岩隙的火焰，易燃液體觸火即焚，順着水柱逆向燃燒，水柱變成火柱，塑膠容器首先燃燒，發生輕微的爆炸，火花四濺。我們三人身上都沾有易燃液體，旋遭波及，她的圍巾着火，接着是小耳朵的帽兜，幸虧我逃得快，雖只燃着衣腳，但仍炙熱難當，我立即把外套脱掉，擲在地上。

背後，聽見小耳朵的淒厲慘叫，轉頭一看，荷姐的身體已多處着火，頓成火人，小耳朵遭她雙臂環抱，不能脱身。荷姐已沒得救，小耳朵尚有活命的機會。我拾起地上的外套，張開，撲過去，從頭頂蓋下包裹小耳朵，既可罩熄他身上的火，又可隔開荷姐。然而，荷姐像找人陪葬一般，抱着小耳朵死不放手。我一腳把她踹開。她跌在矮欄之上。

慌亂無措的小耳朵被我的外套罩着，視線受阻，不知自己已經脫困，仍不斷扭身掙扎，雙手亂掃亂撥，「啪」的摑了我一巴掌，摑得我嘴角流血，雙手一鬆，拉不住他，他往後跌撞亂竄。

「喂，不要走那邊，你拿開外套看清楚……」

他非但看不清楚，也聽不見我的話，他的歇斯底里喊叫完全蓋過外界的聲音，我衝過去扯他，他甩開我的手，我改為扯掉我的外套，讓他看清楚自己跑近伏在矮欄上不動的荷姐。

他看清楚了，馬上停步。

「小耳朵，沒事了，你先冷靜下來。」

「她？」

「她死了，別管她，你的傷勢不輕，走吧，我送你去醫院。」

「哎喲，痛死了，我呸，臭婆娘，害人害物，我差點被你害死，哎喲，乞——吐——」小耳朵本已隨我離去，他愈罵愈惱，還是走回去，朝荷姐吐口水洩恨。

口水吐在火上，發出「嘶」的一聲，冒起一陣焦臭白煙。

差不多同一時間，緊隨上升的白煙，燒得皮開肉爛的荷姐突然從矮欄爬起。

「啊！鬼呀！屍變呀！」小耳朵只顧尖叫，卻沒意識逃跑。

荷姐張臂又抱住他。

「阿Wing，救命——呀——」

我急奔回去解救。

糾纏之間，他們不知誰人絆着矮欄，一人失足，連帶兩人一同摔進出火圈之中。易燃物體跌進燃燒的天然氣孔隙，「熊」的一聲，燒成兩團火球。

我欲救無從。

想不到兩人落得如此下場。

這兩人的真正死因是執迷不悟。懂得擇善的無妨固執，不懂得的或者心術不正的，就變成偏執，走上死路自作孽。

4

追蹤真相

連番追捕，連續與不同特工角力，最終能否緝拿通緝犯？阿wing更為人了卻一樁心事。

1

我在路口下了車。

決定下車前，計程車司機好言相勸，說小公園的另一邊就是那間咖啡店，穿越公園步行過去最直接，因前面是反方向的單程路，開車的話，就要繞道，還要駛經一些巷弄，這時間經常塞車，耗時花錢不划算。他看似為我設想，但聽得出，他其實不想駛進天雨塞車的巷弄，在裏面轉來轉去、駛駛停停。

「雨勢已經減弱，只下着小雨。」握着方向盤的司機繼續為我打氣。

雨刷把他面前的擋風玻璃上的水點刮開，呈現濕漉漉的街景，路旁騎樓底滴着雨水，路上汽車的雨刷左右擺動，路人撐着各式各樣的雨傘走過。

我最終付錢下車，最怕別人囉唆，反正公園不大，那咖啡店的招牌在望，走得快，三、四分鐘後便可推開店門。如果我堅持留在車上，在巷弄遇上塞車，耳根肯定不能清靜。

下了車，撐開傘，走進雨中。雨雲低低壓下，天色灰濛濛一片，遠景裏的高樓大廈像一座霧中浮城。

雨勢不錯是減弱了，卻轉為霧氣般的牛毛小雨，雨霧隨風飄揚，即使頭頂有傘，走了十來步，身上的衣服、沒衣服掩蓋的臉、頸、手都被濡濕。

雨中的公園，周遭濕答答，雨水的重量令花草盡皆折腰垂頭，一副了無生趣的模樣，令人懷念晴天朗日下的欣欣向榮。

上了年紀的公園管理員打着傘默然站在葉尖滴水的樹底下，盡忠職守地注視每一個路人，其實這些路人，有傘的、沒傘的，都匆匆而過，沒人逗留，也沒人違規抽煙，更沒人玩滑板、溜狗拉屎，這時候，管理員的調配是否可以靈活變通，不按時間表在這位置站崗？

石米鋪成的路面，雨天防滑，不積水，沒泥濘，走起來，倒也輕鬆。一個穿高跟鞋的女士迎面而來，我跟她都撐着日式透明雨傘，遠遠看見前面的陌生人，稍微調整前進方向，我靠右，她也靠右，就連傘與傘之間的擦身而過的尷尬都可避免。幾個沒帶雨具的中學男生扛起書包遮頭，卻遮不了衣衫，連跑帶跳地從後越過我，像一羣剛上岸的鴨子，從另一邊的出入口離開公園。為免碰撞，我稍為停步，讓路給他們。

出入口處築起一個白底黑字的藝術裝置，像一頁翻開的詩集，也像一張攤平的信箋，上面印着一段詩句：

沿着希望的輪廓
揀選一隻快樂的口罩
戴上新式語言的微笑
守護與陌生人在茫茫大海中

擦肩而過的一秒美麗

詩人真樂觀，我們戴上口罩過活，已從凜冬過渡炎夏，又從炎夏步入凜冬，疫情反覆，病毒變種再變種，蔓延全球，經濟衰退，醫療系統瀕臨崩潰，不是我悲觀，而是除下口罩呼吸的日子仍看似遙遙無期。

然而，不管樂觀的你，抑或悲觀的我，無可避免的，人類要與病毒共存，大家能夠保持樂觀與希望，社會整體的復原能力總會強勁一些，或許就是這個原因，市政府揀選這段樂觀的詩句置在人來人往的公園，鼓勵市民。

穿出公園，步入小巷，來到咖啡店門外，取出白靈的VIP卡，確認店名沒錯。就算不是這家店，天氣又濕又冷，無妨進去買一杯cappuccino，用雙手捧着，聞一下暖暖的咖啡香氣，至少在這下雨的早上喚起心中的太陽。

台灣的咖啡店特別多，比起「總有一間在左近」的便利店還要多（便利店其實也賣咖啡），若加上包括咖啡產品的手搖飲店，以「五步一樓、十步一閣」來形容一點都不誇張。集團式營運的連鎖店大多分佈於大街，特色小店則開在小巷。有需求，就有市場，才容得下這麼多咖啡店，可見台灣人很愛喝咖啡。

從玻璃門窗看進去，這家小店的陳設以簡約為尚，牆上掛油畫，窗前放盆栽，店內擺了三張方桌，其中一張坐着兩個白髮的顧客，門外的兩張圓桌被雨水打濕，空無一人。

我推門進去，門頂的搖鈴響起一陣清脆的「叮……」

咖啡店的烘暖與室外的濕冷對比強烈，店內瀰漫着焦糖與咖啡的甘苦香味。

「歡迎光顧。」儘管生意冷清，站在吧台後面抹擦馬克杯的中年咖啡師熱情不減。

我把濕雨傘捲好，插進門口的金屬傘架之內。

「一位嗎？想喝什麼？」咖啡師似乎是店主，獨自經營，沒僱員工。

我抬頭看一遍吧台牆上的巨型餐牌，道：「卡布奇諾，大杯，熱的。」這店提供的飲料和糕餅選擇不多。

「要不要加點肉桂粉？」

「一點點吧。」

「好，請隨便坐，我弄好端給你。」

「這張 VIP 卡……」我把白靈的 VIP 卡放在吧枱上，「是不是先給你蓋印？」

「這卡……」咖啡師瞧一眼 VIP 卡，再向我瞧一眼，「蓋印，可以。」

「你認得這卡的顧客？」我試着問。

「不敢肯定，不過上面已有四個店印，而你不是熟客，所以有點奇怪。」咖啡師蓋下第五個店印，再在印旁寫下今天的日期。

「原來是這樣，實不相瞞，這卡是朋友給我的，她有時跟媽媽一同來光顧，常說你的咖啡好喝。」

「跟媽媽一同來……」店主再看一次卡上的日期，側着頭，想一下，「莫非是白小姐？」

「對，就是白靈。」

「說起來，沒見白小姐倒有三個月了，我以為她已返回香港，畢竟台灣是她的旅居之地。」

「她……」其實香港已不是她的家，她在香港無處容身。

「我遇見過白小姐呢！」其中一個老太太顧客插口，她拍一下坐在對面的老先生的手背，問：「是上個月的事嗎？」

「嗯。」老先生皺着眉頭回應，剛才的一拍，妨礙他滑手機。

兩人桌上的馬克杯已經見底，喝完咖啡，坐着滑手機打發時間。

我走到兩人旁邊的空桌，拉櫈坐下，思量如何搭訕打聽下去。

「你在哪裏遇見白小姐？」想不到咖啡師比我更熱切。

「在紅線捷運列車上，開往機場方向，白小姐挽着一個旅行袋。」

「她離開台灣？」咖啡師開始為我調咖啡。

「我怎知道。」

「你沒跟她打招呼？」

「說到底，都是他不好，他阻止我跟白小姐打招呼。」老太太又拍一下老先生的手背，這次老先生縮開，沒給她拍中。

「為什麼？」

「他指着白小姐別在襟前的白花，說人家戴孝，不好騷擾。」

「戴孝？誰過身？」咖啡師沉吟片刻，以略帶責怪的口吻問：「她有親人過世，人又離開台灣，你不是應該慰問一下嗎？」

言下之意，咖啡師似乎不知死者是白靈的「母親」。

「不就是呢！他偏偏不允許，平日又不見他如此固執。」老太太朝老先生瞅嘴。

「你別聽她胡説，實情是這樣……」老先生終於按捺不住，放下手機，發言澄清。

「叮……」一個戴着機車頭盔的 Foodpanda 外送員推門進來。

「有訂單嗎？」咖啡師愕然。

外送員舉起手機，讓咖啡師閱讀屏幕上的資料。

「糟糕！」咖啡師用掌心拍一下前額，「只顧聊天，沒留意，我馬上弄，請等一會，很快，很快。」

外送員無奈坐下，解下頭盔，露出長髮。原來是個女的。她的年紀跟白靈差不多，但膚色黝黑，滿臉風霜。

疫情關係，民眾減少不必要的外出，堂食的營業額雖然下跌，但外賣生意相對地提升，外送員的工作量相應增加。每天，這些在後座放着方形保溫箱的外送機車，不論大街小巷，不分晝夜，總見蹤影。

「請慢用。」咖啡師為我端來香噴噴的cappuccino，返回吧枱經過老先生身旁時，在他耳邊說了一句話。

「對呀，剛才給打岔了。」老先生回過神來，白一眼老太太，開始連珠炮發：「第一，白小姐當時拿的是運動袋，不是旅行袋，就算是旅行袋，也不代表她去乘飛機，我們在獅甲下車，從獅甲到機場還有三個站，她可以在其中一站下車。第二，當時她的樣子挺傷心，眼皮都哭腫了，也沒化妝，你即使厚着面皮跟她說話，她也沒心情回應你，在情在理，實在不該騷擾她。第三，我們跟她非親非故，只是偶然在這店碰個面，說聲早安，勉強算是點頭之交，在捷運列車上，我們看見她，她也看見我們，她卻當作沒看見，顯然不想跟我們接觸或溝通，只想安靜，你何必強人所難？」

老先生言之成理。

老太太無話反駁。

咖啡師繼續幹活，趕緊完成延誤的訂單。

外送員根本不認識他們，不知來龍去脈，當然不答腔，只是低頭滑手機。

「白靈的媽媽大約三個月前過世。」我既然自稱白靈的朋友，又手持她的VIP卡，在情在理總要説出一個他們不知道的消息，才取得他們信任。

「啊！」老太太像縫衣時指頭突然被針扎到似的，臉上起了一陣痙攣，「好端端的，她怎死的？生病還是意外？」

「死於COVID-19。」

「太突然……太可惜……」咖啡師呆了呆，神情肅穆。

「唉！當日看見她戴孝，又獨自乘車，我已猜到幾分，只是不敢説出口。」老先生搖頭歎息。

「喝完咖啡就戴回口罩吧。」老太太從手袋裏掏出一個獨立包裝的口罩，撕開透明膠套，塞進老先生手中。

「你自己不戴嗎？」老先生不得不暫時放下手機，乖乖戴上口罩。

「我還要添飲。」老太太用指頭敲敲馬克杯，「老闆，請多斟一杯美式咖啡。」

「是。」咖啡師提着咖啡壺走過去，為老太太斟滿馬克杯後，放下一包粗糖、兩份奶精，回頭向我說：「先生，你日後見到白小姐，請代我問候一聲，請她節哀，保重身體。」

「一定。有心了。」我點點頭。

「有勞你，不好意思。」咖啡師三步併作兩步的回到吧台，不忘跟外送員說：「差不多弄妥，請你多等一會兒。」

外送員朝咖啡師打出一個OK手勢，雙眼卻一直盯着手機屏幕，不知在欣賞什麼精彩的視頻，欲罷不能。這也難怪，從早到晚開着機車到處跑，現在被迫歇腳，當然不錯過這個可娛樂的機會。

我低頭呷一口咖啡，酸、苦、甜、澀、香均有，味道豐富，層次分明，果然不錯。

白靈躲到哪裏？

取出手機，google 高雄捷運的紅線導覽圖，獅甲與機場之間，正如老先生所說，共有三個車站：凱旋、前鎮高中、草衙，如果白靈前往機場離境，我留在台灣就沒意思了，但如果她不是前往機場，她會在哪個車站下車？

柳暗花明又一村，再度打聽到新線索了。

此時，一個穿藏青色外套、撐花雨傘的人在窗外走過，不知什麼原因，那人走過後不久又折返窗外，還用指頭「得得」的敲幾下玻璃。我奇怪地抬頭一看，不禁愕住了——

「是你——」

她站在窗外向我微笑揮手，還張口說話，口形顯示她在說：「真巧呀，在這裏遇見你。」

世事真會如此巧合嗎？

我以禮貌的笑容掩藏內心的驚疑。

她收起花雨傘，推門進來。

「叮……」

「歡迎光臨，請坐請坐。」

「意想不到呢！我們竟在高雄相遇。」

「對呀，真的想不到。」我並沒說謊，從沒想到是她，更沒想到她膽敢現身，不過，她一現身，先前想不通的，現在全通了。

「你來高雄看拍攝電影的外景場地嗎？」

「你來高雄看預售樓嗎？」我替她拉櫈，「相請不如偶遇，我請你喝 Mocha，我有贈飲 VIP 卡。」

「好哇，謝謝你。」

沒錯，她就是那個在台北建成圓環旁邊的咖啡店喝 Mocha 的 OL，我在那裏遠距離監視小耳朵，她原來近距離監視我，我們在台北不是偶遇，在高雄當然也不是，李森美的神秘拍檔是個 MI6 女特工，不是她，還是誰！因在台北的咖啡店露過面，她不能跟蹤我南下台南，所以在「莒光號」列車的監視改由李森美執行，現在李森美被我「踢」回倫敦，只剩下她，墾丁的線索斷了，她不得不再次露面。今天，她的「巧合」現身當然不是為了找我喝咖啡這麼簡單。

「老闆，這卡可以用嗎？」我把 VIP 卡放在吧台上。

「當然可以。」咖啡師瞧着 MI6 女特工，「一杯 Mohca，對嗎？冰的還是熱的？」他同時走出吧台，把幾杯外賣咖啡裝進手挽膠袋裏，放在外送員的桌上，說聲「辛苦你了」。

「冰的。」MI6 女特工回答。

外送員戴回頭盔，卻一言不發，大概要她等候，心情不好。

「說真的，什麼風把你從台北吹到高雄？」MI6女特工明知故問，到了這個面對面攤牌的時候，她仍繼續裝假，不多此一舉嗎？

「墾丁的落山風。」我一於奉陪到底，「又是什麼風把你也吹來高雄？」

「你剛才不是說中了嗎？我來看預售樓嘛，受客戶所托，充當跑腿。」她打開手袋，取出一張名片遞給我，「請多多指教。」

「房仲？」我看着名片上的姓名——李歆茹，冷笑一聲，「印備名片，假裝得似模似樣，原來你也姓李，嘿嘿，李森美已回倫敦了？你何時回去？請代我問候他。」

「叮……」

外送員挽起外賣咖啡，拉開玻璃門，離去前回望咖啡店一眼，仍舊一言不發。

外面，雨已歇，天色開始放晴。

「你胡扯什麼？誰是李森美？」自稱李歆茹的MI6女特工一臉茫然，演技逼真，大可提名角逐「最佳新演員」獎項。

「別演了，行嗎？你有什麼法寶，儘管拿出來！」我瞥一眼她的手袋，「裏面也有一把電槍吧？」

「你今天吃錯東西嗎？語無倫次，愈說愈離譜。」李歆茹鼓脹腮幫子，「無論我的手袋裏有什麼，都與你無關。」

「有電槍嗎？讓我瞧一下。」老太太竟然坐過來，壓低嗓子說：「最近我家附近出現跟蹤狂，我也想買一把防身。」回頭睥一眼老先生，「他就是不允許。」

老先生坐在原來的座位上，繼續滑手機，只用鼻子「哼」了一聲。

「長輩有命，不敢不從。」我不等李歆茹回應，一手揪起她的手袋，打開，倒轉，把裏面的東西「嘩啦」的倒在桌上。

「啊！你——」李歆茹反應太慢，抗議無效。

「可是，沒電槍啊……」老太太逐一察看桌上的物件。

「太過分了！」李歆茹怒瞪着我。

「這枝唇膏的顏色看起來很鮮艷。」

「小心，別碰它。」我按住老太太的手。

「為什麼？」

「你有所不知，這唇膏混有致命劇毒，是女特工專用的殺人凶器，塗在嘴唇上，親吻目標人物，令對方中毒。這叫死亡之吻。」

「她自己不怕中毒嗎？」老太太斜眼偷望李歆茹。

「她會先服用解毒劑，或者先在唇上貼一層保護膜，確保毒素不接觸皮膚。」

「哈，你開什麼玩笑？」李歆茹被我當眾揭穿，無言駁斥，唯有報以苦笑掩飾困窘。

「要不要報警？」咖啡師端來Mocha，以開玩笑的口吻問。

「要，把這人抓去醫院檢驗。」李歆茹想把物件藏回手袋裏，「你們的玩笑開夠了吧？」

「等一下。」老太太依然蠻有興趣，「這枝眉筆是不是暗器？」

「你果然眼尖，依我看來……」我拾起眉筆，「這枝是中國傳統武器峨嵋刺，又稱峨嵋針，技法有刺、穿、挑、撥、札、架等路數，小巧輕盈，易於收藏，攻其不備，名列女刺客十大暗器之首，若於刺尖塗上毒液，見血封喉，非常有用。」

「嘩！」咖啡師與老太太禁不住倒抽一口寒氣。

「要不要看明晃晃的鋼刺？」我用兩根指頭拈着「眉筆」的蓋子。

「看！」老太太第一個點頭。

「神經病。」李歆茹噘起嘴巴，拿起吸管，攪勻Mocha，然後大口啜飲。

「大家別眨眼喔！」我拔開「眉筆」的蓋子，一看，沒明晃晃的鋼刺，只見梳理眉毛專用的黑色螺旋眉刷，不對勁，連忙拔開另一端的蓋子，露出防水的扁平斜角筆尖，這確實是一枝眉筆。

「噢。」咖啡師與老太太大為失望。

「不要觸及筆尖，混有致命劇毒，見血封喉喔。」李歆茹模仿我的口吻。

老太太離座，咖啡師退開，散場了。

「你們別走。」李歆茹叫住兩人，神神秘秘地指着一本筆記簿，「你們要玩嘛，我就跟你們玩。你們可知道這是什麼東西？」

「這不是筆記簿嗎？」老太太沒好氣地反問。

「答對一半，這不是普通的筆記簿，這是傳說中的死亡筆記……」

「嘎！」老太太將信將疑。

「來，把你們的名字告訴我，我一一寫上去。」李歆茹在臉上堆起殺氣。

「我才不告訴你。」老太太掩着嘴巴。

「胡鬧。」老先生忍不住答腔。

李歆茹噗哧一笑，俏皮地說：「哈哈，不玩了，哎喲，偶然胡鬧也不錯呀，樂一場。」

老太太返回原來的座位。

「胡鬧完就戴回口罩。」老先生喃喃道。

咖啡師返到吧台後面，繼續抹擦馬克杯。

大家都閉口不透露自己的名字，或許寧可信其有。

「你怎會不知我的名字？」我問。李森美老早將我起底，作為他的拍檔，李歆茹怎可能不知我叫什麼？

「我怎會知道你的名字？我跟你不過在咖啡店裏萍水相逢，你還沒自我介紹。」

「你真的是個房仲？」難道我猜錯，她跟我真的在咖啡店偶遇？

「要不要看我的執照？」

「名片可以偽造，執照也可以。」

「那我沒辦法了，你愛把我當作女特工、女殺手，隨便吧。」

「吖……」

又有人推門進來，這次是那公園管理員。

「歡迎光臨……」

「老闆，這些外賣咖啡是你的嗎？還熱的。」公園管理員把一袋飲品放在吧台上。

「是呀，奇怪，怎會在你手裏？」

「這些咖啡原封不動的放在公園的長櫈上，不知誰人遺下？」

那個 Foodpanda 女外送員……

糟了！

2

露絲與情報組的同事竭力幫忙，效率奇高，在我乘搭的捷運列車還沒抵達獅甲站，他們便追蹤到白靈上月在紅線捷運的行蹤。白靈最後在前鎮高中站下車。露絲傳來捷運站的 CCTV 截圖，老先生的觀察正確，白靈打扮樸素，不施脂粉，容顏憔悴，在襟前別上白花，挽着一個裝得下幾塊網球拍的運動袋，從 1 號出入口離開捷運站，經翠亨北路右轉入草衙一路，一直向前走，最終被街角的便利店門前的 CCTV 攝入鏡頭後，就在縱橫交錯的巷弄之間失去影蹤。

我非常感激露絲與一眾同事的努力，但仍不足夠，因為 MI6 也能找到相同的資料，而且 MI6 的搜尋工作在那假扮外送員的女特工離開咖啡店後就開始，至少比我們提早十分鐘。十分鐘可以發生許多變化，說不定，那女特工已發現白靈的藏身之處。

另外，M託露絲轉告MI6的消息，李森美栽在我手上後，MI6高層大為震怒，李森美的上司透過視像會議找M交涉，在對話過程中，M發揮他的無棱兩可、左顧右盼的「語言藝術」，誘使對方透露了MI6追捕白靈的因由。原來2019年白靈在泰晤士河棄屍時，剛巧MI6在棄屍地點附近進行一項臥底行動，結果行動出錯，臥底特工被殺，MI6把矛頭指向白靈，懷疑特工被殺跟白靈有關，要找她偵訊。雖然M一再告知對方，白靈在倫敦殺人是為報父仇，純粹私人恩怨，跟MI6的任務扯不上任何牽連，但MI6顯然有意甩鍋給白靈，為行動出錯找「替死鬼」。我完全明白MI6相關人員的意圖，他們尋找白靈只為拖延問責，找到也問不出什麼，因為白靈從頭到尾跟他們的行動無關。我更相信，MI6特工潛入台灣的目的是殺人滅口，劇本大概是這樣，MI6特工在台灣找到白靈，白靈拒絕合作，一言不合，雙方動起手來，拳腳無情，刀槍無眼，MI6特工受傷，白靈身亡，至於白靈為什麼拒絕合作？MI6的說法是有份參與殺害臥底特工，沒證據嗎？證據可以偽造、堆砌，反正死無對證。

特工世界就是如此黑暗、污穢、不擇手段。

白靈確實有生命危險。

不過，按李森美的水平，他的拍檔多半是個半斤八兩的貨色，以白靈的本事，加上我，二對一，那 MI6 女特工明顯處於下風，雖然她假扮外送員成功騙過我一次，但既已露面，她不會有第二次機會。我唯一擔心的是，白靈不知就裏，毫無防範，兼且近月她的師父身故，或許不能集中精神，被那 MI6 女特工有機可乘，說到底，我還是爭取時間，搶先一步找到白靈。

雨完全止住，雲霧散去，陽光再度遍曬大地，地上遺留下不少雨後的痕跡，尤其在排水系統落後、道路維修緩慢的舊區，凹凸不平的路面，水窪處處。

我揹起背囊，騎着一輛在捷運站旁邊租用的共享單車，來到 7-eleven 新僑門市外面。白靈最後的行蹤出現在這店的 CCTV 鏡頭下，我就以這裏作為搜尋的起點。

我把搜尋範圍劃定為興仁國民中學與前鎮國民中學之間的住宅區，從Google map看，在這範圍內，街巷縱橫，路徑四通八達，樓宇老舊，街道狹窄，小店林立，人流亂雜，是一個理想的藏身之地。

大致認清方向後，我騎上單車出發搜索，在前鎮國民中學的校園旁右轉，進入康定路10巷，從這兒開始作S型行駛，逐條巷弄搜尋白靈的蹤跡。我當然不會期望在路上碰見白靈，這種好運氣不可能發生在我身上。我也沒有特定的住宅目標，只憑直覺觀察，這種直覺建基於我對白靈的認識，以及特工隱身鬧市的匿藏模式。這些巷弄的建築佈局大同小異，車路狹窄，單向行車，沒行人道，面積不足夠建屋的小塊空地上泊滿汽車和機車，有些停車位建有簡陋的鐵皮上蓋。樓宇一般高兩至三層，樓高五層的極為罕見。有些房子沒掛門牌，有些掛了，但顏色、字款、尺寸、物料都不統一，有點眼花撩亂。我騎着單車沿途觀察，去到巷弄盡頭，可以轉彎便轉彎，沒路轉彎便折返原路，總之朝着我設定的方向蜿蜒前進。

即將轉入第五條巷子時，前面響起一陣嘈吵的機車馬達聲，我立即提高警覺，這時間，那 MI6 女特工同樣在附近尋找白靈，我跟她狹路相逢不是沒可能。沒多久，迎面開來一輛外送機車，也是 Foodpanda，我更加嚴陣以待，準備隨時動手，既然避無可避，就來個痛快，先解決這個潛在威脅。我撥開外套的下擺，從腰間抽出一枝鏢刀，夾在指間，預計我的單車跟外送機車將在一家理髮店前相遇，當外送機車駛至紅白藍三色旋轉燈下，我就動手。然而，距離拉近，瞧清楚，這外送員的身形較胖，儘管肥胖可以偽裝，為免殺錯良民，我還是冒險忍耐一下。當單車與機車在理髮店前錯車而過，我跟外送員都以不友善的目光互望對方。他是個胖子大叔。因着 Foodpanda 制服關係，我把他誤認作 MI6 特工還有點理由，但他為什麼也把我視作「敵人」？馬達聲在背後漸漸去遠，我看一眼鬆在路面的行車標示，這才察覺自己逆線行車，他是對的，畢竟騎單車也要遵守交通規則，若有機會重遇、他又記得的話，才向他道歉吧。

花了十多二十分鐘，走遍以康定路為中軸的十多二十條巷弄，我在阿公冰店喝了一杯無糖豆漿，休息一會，開始搜索鎮中路，沒多久，在鎮中路181巷內，一棟高四層連有蓋天台的樓宇吸引我的注意，如果我是白靈，我會選擇在這兒藏匿，理由是：

第一，181巷跟其他巷弄不同，全是民居，樓下沒街舖，進出的主要是居民，無論是外出或歸家，按理不會在巷內停留，所以，若陌生人在小巷之中流連，特別礙眼。

第二，這樓宇是搜索範圍內最理想的制高點，人在頂層或天台，俯瞰康定路、鎮中路、同安路等一帶，視野無阻，若安裝適當的預警系統，如監視鏡頭，可疑的人或車還沒接近，我已預先知道。

第三，樓宇右側是一列天台相連的三層高建築物，這些相連的天台組成一條快速的逃生路線，當敵人在前門進攻，我只要跳進毗鄰的天台，便可經任何一座建築物逃入衙仁街 72 巷，走到街上，前後左右都是離開小區的路徑。

第四，181 巷口對面是草衙派出所，經常有警察出入，宵小流氓避之則吉，減少閒雜人在附近出沒，敵人要混進來就難上加難。

毋需智能電腦分析，就我的人腦估算，白靈躲在這裏的機會率超過 90%。

我把單車靠在樓梯鐵閘旁邊，思量找什麼藉口上樓逐戶查探，樓梯鐵閘就在此時打開，一個大嬸走出來，拿着膠紙，打算在門框貼一張招租廣告，我上前瞧了瞧，出租單位恰巧是四樓B室。我馬上跟大嬸說正在附近物識出租房子，有興趣承租。大嬸便招待我到樓上看房子。她初時聽我的口音不正，已有點抗拒，後來知道我連居留資格也沒有，隨即送客。我二話不說，打開背囊，數出相等於六個月房租的鈔票，全是美鈔，放進她的手裏，表示最多只住一個月，剩下的錢她不用退還，也不用跟我簽訂租約，換句話説，她不必報税，六個月房租全數袋袋平安。大嬸瞧着手中的美鈔，為難的表情反映內心的掙扎，我所給的條件優厚得難以拒絕，拒絕了，她至少失眠一星期，她所擔心的是我利用房子作非法勾當，或者退租前把房子弄壞，我於是拆開真空膠套取出護照，交給她作為抵押，待我退租時，她確定房子沒問題才發還護照。這樣，她沒法拒絕了，我順利租下4B室。

樓宇的格局是一梯兩戶，分A、B室，天台共用。我不斷旁敲側擊，很快從房東大嬸口中打聽到同層對面坪數較大的A室住了一對夫婦，3A室丟空，3B室住了一個單身女人，2A室的住客也是單身女人，其餘的不是單身男人，就是夫婦。所以，我把目標單位鎖定3B室和2A室。

既然成為這棟樓宇的其中一個住戶，查看其他住戶是什麼人變得容易多了，最快捷、最簡單的時機是黃昏的丟垃圾時間。向房東大嬸問明垃圾車到站的鐘數，尚有時間，我先回捷運站歸還單車，再往便利店購買一些日用品和飲品「回家」，順便製造一些家居垃圾。

我和衣躺在牀上，的確有少許累，日常出入乘車、駕車代步，甚少踏單車，今日踏了小半天，肌肉有點不適應。牀鋪尚算潔淨，房東大嬸交收門匙時特別告訴我，上一個租客三天前離開，她是個良心業主，不急於放租賺錢，親自花了三天把房子弄乾淨，才到樓下張貼招租廣告，591 租屋網還沒上載租盤，我便上門承租，一給就是六個月租金，證明她好心有好報。

這房子是台灣舊式樓宇常見的「樓中樓」，室內坪數雖小，但上下空間寬闊，睡覺的地方是一層加建的閣樓，閣樓底下是起居室，桌、椅、櫃子、電視、雪櫃等基本家具一應俱存，臨街那邊是裝了電磁爐的開放式廚房，以及改建為「乾濕分離」的浴廁，廚房的趟門通往陽台，陽台上設有洗衣機與晾衣吊架。設施齊全，租客挽個行李箱便可入住，十分方便。唯一的缺點是頂樓，經常聽見天台水箱發出的抽水聲，尤其臨近黃昏，各層住戶陸續煮飯、洗澡，耗水增加，水箱抽水頻密，更覺吵耳。

臨近黃昏，對，丟垃圾的時間將到，我彈離舒服的睡牀，跑下室內的木樓梯，挽起一袋垃圾離開四樓，留守三樓與二樓梯間的轉角處等候，一併監視3B室與2A室，未幾，街上傳來垃圾車播出的音樂聲，樓上樓下紛紛響起開門與關門聲，以及在樓梯向下走動的腳步聲，很快，2A室的住戶也開門了，走出來的女人不是白靈，3B室的大門卻遲遲沒打開，聽頭頂的腳步聲，4A室的人差不多走到三樓，我不能留在轉角處站着不動，唯有假裝從外面回來向上走，跟下樓的4A室女住客點點頭，經過3B室門外，故意放慢腳步，豎直耳朵細聽，屋內毫無動靜，似乎沒人在家。

目前不在家，總有回家的時候，我只好等待，我這人沒太多優點，有耐性是其中一項。不過，等待若處理不好，會覺得無聊透頂，這個空檔需要找些事情打發，吃東西是個不錯的選擇，現今社會，餐飲外送服務發展成熟。一人份量，我當然不會下廚煮食，洗切醃煮之後又是洗，所花的時間往往是吃的兩倍、三倍，很不划算。滑一陣手機，訂了一客「炸醬蛋厚煎吐司」、一杯台式鮮奶茶，大概等了三十分鐘，手機屏幕顯示外送員到達樓下，我便下樓拿取。吐司和奶茶仍熱，隔着紙袋感到有點燙手，携回家，急不及待先喝一口奶茶，茶味濃郁，微甜不膩，香醇順口，不錯。再打開裝載三文治的紙餐盒，豆乾肉醬香氣四溢，台式三文治的製法可說出神入化，這種本來用作乾撈麪的肉醬，放在兩片吐司之間，配以半熟煎蛋，簡直是夢幻組合，美味到說不出話來。風捲殘雲似的，一口氣連「伴碟」的生菜沙拉、炸薯條、炸湯圓通通吃光，除了炸物離鍋太久，外層變軟，整份餐飲都非常可口。

窗外，華燈初上，歸家的人總該歸家吧。

果然，三樓的關門聲從樓梯間傳上來。我故意虛掩大門，方便接收外面的動靜。3B 室的女人終於回家了，該不該找個藉口到樓下叩門？例如借鼓油之類，或者新住客向鄰居問好，想來想去都覺不妥當，還是不動聲息，悄悄確認 3B 室的住客是否白靈才另作打算。

我拉開廚房趟門，步出陽台，四下察看，其實我握着欄杆一個翻身，便可躍落 3B 室的陽台，隔着門簾偷看一眼，便知道住客是否白靈。若然不是，我靜靜撤退，不留痕跡，不驚動任何人。若然是，我再想想如何跟她溝通，她始終一直處於逃亡狀態，我突然出現，她可能想歪了，為了自保立即動手。

這些都是後話，第一步是先跳下去偷看。

然而，現在不是時候，雖然以我的敏捷身手，三至五秒之內可完成躍落 3B 室偷看兼返回 4B 室，但巷弄兩側的樓宇燈火通明，萬一被人看見，把我誤作小偷，撥打 110 報警，事情就鬧大，我不想步李森美的後塵，遭台灣政府驅逐出境。

所以，仍然是等待。

吃飽了，沒事做，唯有看電視打發時間，台灣的電視頻道雖多，但看不慣，拿着遙控器一下一下的按選台鍵，頻道轉換再轉換，重複兩個循環，都找不到一個吸引我看下去的節目，放棄了，關掉電視，關掉燈，關上大門，更換黑色的衣服，再走出陽台。

巷弄較前寧靜多了，對面樓宇頂層已沒亮燈，低層的陽台、窗戶雖仍透出燈光，但我所處的位置較高，在低層的人除非刻意往上望，不然的話，並不容易察覺我打算「跳樓」。

我望左望右，確定旁邊的樓宇也沒人把脖子伸出來，便跳上欄杆，低頭看準方位，縱身撲下，雙腳勾緊欄杆，如倒豎葱一般，頭下腳上，全身貼着陽台外牆，頭部剛好越過3B室的陽台天花，從廚房趟門的門簾罅隙窺視室內，燈光亮着，不見有人走動，機不可失，伸直腳尖，鬆開欄杆，身子急墜，雙掌拍按3B室的陽台欄杆，借力彈躍，曲腿抱膝轉體，從晾衣吊架下方擦過，輕輕躍進陽台之內，着地無聲，半蹲在洗衣機旁邊，試拉趟門，沒上鎖，拉開少許，再撥開門簾一角，窺探屋內，一個光腿赤腳的女人從閣樓下來，走進浴室，帶上門，角度所限，只見其背，不見其臉，難以確認是否白靈。

想不到遇上她洗澡，我留在這裏等她從浴室出來？還是進去偷看？前者浪費時間，後者不雅，兩個選擇都不好，可有第三個方案？

正在傷透腦筋之際，樓下突然傳出一聲低沉而特別的「卜」，像某種發射器射出什麼東西，回頭一看，一根爪鈎由下而上「呼」的在我眼前飛過，「鈎」的勾住我家的欄杆，垂下一條紅黑雙間的攀山繩，搞什麼？

我悄悄靠近欄杆向下望，但見一人在樓下抓握繩子，腳蹬牆壁，迅速攀爬而上，看身形，似是個女子，她到底搞什麼？是小偷嗎？我剛搬進來，沒什麼給她偷，難道房東大嬸口沒遮攔，向人透露我有個裝滿美鈔的背囊？

按其攀爬速度，那人五秒之內便經過 3B 室的陽台，可以跟我面對面的說聲「嗨」，我不能留在陽台上，別無選擇，唯有竄進 3B 室的廚房。

剛藏身廚櫃後面，那人即攀到陽台外面，街燈映照，清楚看見她的面貌，竟是那假扮外送員的MI6女特工，她不是急於尋找白靈嗎？為什麼衝着我而來？

巧得很，我不在家，她要「摸門釘」了。

她一爬過3B室，我便站起身，反正已進屋，先確定女住戶是否白靈。

放輕腳步，大着膽子走到浴室門外，裏面傳出「嘩嘩」水聲，門隙透出淡淡蒸氣，女住戶正在淋浴，女人洗澡通常很久，沒這麼快出來。起居室裏有些東西令我靈光一閃，或可代替偷看她出浴，我走過去，逐一細看掛在牆上、放在枱面的生活照，不論單人照或合照，所有照片中人，沒一個是白靈，主角是一個長髮大眼的姑娘，相信就是在浴室裏那位。

既然確定住客不是白靈，我於是匆匆撤離3B室，利用MI6女特工的爪鈎繩子，攀回4B室的陽台，屏住氣息，穿過趟門，進入廚房，仍蹲在廚櫃後面，窺看MI6女特工在我家裏幹什麼。

但見她戴着夜視鏡，站在起居室，正為手中似乎是九毫米口徑的手槍旋上消音器。她預備射殺我嗎？我最大的罪狀是打敗李森美，令 MI6 丟臉，可是罪不致死啊！抑或她打算用槍指嚇我，逼我招供，但我有什麼供詞是她感興趣的？

她裝上消音器後，隨即舉槍，站好射擊姿態，射擊目標是起居室上方閣樓中央的牀鋪位置。她竟然來真的，真的要射殺我，幸而陰差陽錯，我偷偷爬下 3B 室，她偷偷爬上來。

「撳——撳——撳——撳——撳——撳——」

火光閃閃，硝煙瀰漫。

一槍還不夠，她向着牀鋪和周圍連發六彈，確保命中目標，如果我躺在牀上，必死無異。能夠一併射穿閣樓和牀褥，以尋常 9mm 子彈的穿透力肯定辦不到，她用的是特製的穿甲彈，配置硬芯彈頭。果然有備而來，務要置我於死地。

這女人太狠毒了！

連開六槍後，她仍有後着，跑上木樓梯，登上閣樓，再補三槍。

我像在舞台下觀看一齣荒誕劇，雖然隔岸觀火，但被殺的角色明明是我，內心的不好受非言語所能形容。

「咦?」她在閣樓發出一聲驚呼，相信她察覺到只是射爛枕頭、被鋪，牀上沒人。

天台又響起一陣水箱的抽水聲。

我慢慢從刀架中抽出那柄最尖、最長的切肉刀，利用抽水聲掩蓋腳步聲，迅捷地閃到樓梯下面。

以為屋內沒人，她放下防禦，毫無顧忌地踏步走下樓梯。

「趴嘎——趴嘎——」

從落樓梯的腳步聲，我估算到她每一步的位置，當她的前腳一踏足起居室，

我立即按下電燈開關，一下子全屋電燈大放光明。夜視鏡的原理是將微弱光線聚

焦放大數千至數萬倍，經光電管尾端的螢光屏，轉換成肉眼可見的明亮影像，戴着夜視鏡遇上正常的燈光，就等同被耀目欲盲的強光正面照射，她登時頭暈目眩，手足無措。當她反應過來，除下夜視鏡，手背早被我劃了一刀，手槍丟地。

「是你？」當她看清楚偷襲者是我，頸項已給我的刀鋒架住，反抗無從。

「當然是我，這裏勉強稱得上是我的家。」

「你的家？白靈在哪？」

「白靈？你以為白靈住在這裏？你不是前來殺我的嗎？」

「我幹什麼要殺你？」

「你幹什麼要殺白靈？」

「我沒……」

「還想狡辯？以我所知，你的任務是偵訊白靈，剛才我親眼目擊，你一進屋就連續開火，就算白靈在這裏，又願意跟你合作，她亦無機會開口。你分明殺人滅口。」

「我的任務是什麼，毋需向你交代。」

「那你向台灣警察交代吧。」

「我警告你，不要亂來……」

3

風和日麗的早上，天空藍得讓人戴上「黑超」。這片藍天倒映在淡水河的水面上，與水草的綠混在一起，調成一種柔和的碧藍。

水色之中浮着淡水河岸新建大樓的倒影，聽說求過於供，不少住宅單位仍然空置，發展商各出奇謀，媒體上各種促銷廣告層出不窮，例如加送優惠、折扣回贈、KOL登堂入室數説住宅的優越，不過，置業是中產家庭重要的投資，大家都審慎考慮，台海局勢是一個關鍵性的因素，不會輕易把一生積蓄綑綁於不穩定的樓市。

原諒我這一生不羈放縱愛自由
也會怕有一天會跌倒 Oh No
背棄了理想
誰人都可以
那會怕有一天只你共我……

在漁人碼頭，孤獨的歌者一人一枝結他，站在河堤步道上，演唱香港樂隊Beyond的《海闊天空》。或許廣東歌在台灣不流行，或許上世紀九十年代的流行曲今天難覓知音，或許歌者的聲線不夠沙啞，欠缺黃家駒那種不羈的腔調，又或許台灣人唱廣東歌，咬字不準，人們聽不懂歌詞。總之，步道上雖然人來人往，單車穿梭，但沒人駐足欣賞，雖然沒人欣賞，歌者依然陶醉地高唱別人的歌，自得其樂。

我特意多繞一點遠路，來到他跟前，在他的結他箱裏放下二百元，以示支持。他在兩句歌詞的停頓空間，一面調整呼吸，一面輕輕説聲「謝謝」。

我沒停下來欣賞，並非他唱得不好，而是我另有事辦，其實也不是什麼要緊的事，我去見一個不想見的人。

那人坐在輪椅上，面對淡水河的水光山色，卻一臉鬱結。他行動不便，衣着卻一絲不苟，穿着名貴西裝、高級皮鞋，鼻樑上架着一副名牌金絲眼鏡，還配襯一條紫紅色的袋巾。

我來到他跟前，雙手抱胸，背着陽光，居高臨下的打量他。他抬頭看我，張大雙眼，奇怪地問：「有何貴幹？我們認識的嗎？」

我沒説話，只把一條舊圍裙放在他的大腿上。

「什麼東西?」他更加奇怪。

「雞屁股的秘製醃料，在圍裙的口袋裏。」

他不僅張大眼睛，更張大嘴巴，久久不能合攏。

「是你的弟弟小耳朵拿性命換回來的，雖然我不恥他的所作所為，但畢竟是一條人命，不管有用沒用，總算給他的親人一個明白。」

沒錯，他就是小耳朵的兄長大眼仔，因偷看荷姐而跌得半身不遂。這圍裙是荷姐的遺物。

大眼仔不敢相信的拉開圍裙口袋的拉鍊，探手進去，緩緩摸出一把醃料，遞到鼻前，嗅了又嗅，露出「原來是這樣」、「早知如此何必當初」的後悔表情，張口詢問又想不到恰當的言詞，簡單地說，他看着我發呆。我避開他的目光，沒等候他調整思緒和語句，已轉身離去。既把荷姐的遺物交給世上唯一希望得到的人，完成在台灣的事情，以後不再跟雞屁股扯上任何關係。

別矣，台灣。

我不辭而別，沒向房東大嬸要回護照，那護照其實以特別油墨印製，從真空膠套取出接觸空氣後一個月左右會變成一本白紙簿，不過，我另留下一疊美鈔給她維修閣樓，沒讓她白白蒙受損失。

至於那MI6女特工如何處置？

Okay，是這樣的，那晚在高雄，我用她的攀山繩將她牢牢的五花大綁，再脫下臭襪子塞住她的嘴巴，等到凌晨二時，路上的車和人都絕跡，把她扛落樓，連同她的手槍，放在草衙派出所門外。一如預料，警察發現她後，她一直緘默，不回答警察任何問題，派出所向上峰報告，翌日台灣警方便把她送返倫敦。也是翌日，我找房東大嬸，把白靈的照片給她看，其實租房當日我就應該這樣做，還是棋差一着。房東大嬸確認白靈果然是4B室的上一個租客，租住上址已有一年多，所謂「狡兔三窟」，相信狡猾的白靈除了恆春、高雄，還有別的落腳點。

MI6女特工如何找到4B室？她用的方法跟我的殊途同歸，她拿着白靈的照片在街巷之間到處問人，白靈縱然低調，總有人見過她，最後MI6女特工查出白靈的住址，因為我是第一個看見招租廣告的人，所以街坊之中沒人知道白靈已遷出。MI6女特工一直以為住在4B室的是白靈，偷襲不成，反而被我殺個措手不及。

現在白靈不知去向，可能遷往其他市鎮，也可能離開台灣，往哪去了？天曉得，她在台灣的行止，就像踫到玻璃窗的初雪，一下子不見蹤影。

MI6派出的特工無功而還，白靈暫時沒危險，我亦不急於找她，其實我並不想找到她，就讓她繼續不知所蹤吧。

一羣白鳥自由自在的掠過河面，飛臨河堤，越過我頭頂的上空翺翔而去，是海鷗吧？看不清楚，也無意考究，只盼牠們行行好，不要過分放縱，別在我頭頂拉屎。

學踏單單的小孩在前面危險駕駛，爸爸模樣的男人滿頭大汗的追在後面，君子不立危牆之下，我趕緊讓路。

另一個賣藝少女在唱《月亮代表我的心》，這邊熱鬧多了，少女的歌喉雖沒鄧麗君的婉約動聽，嬌俏可人卻更勝三分，吸引一羣長者圍觀，大夥兒一起懷舊納新。

走盡漁人碼頭，街角小店的櫥窗擺着一列港式奶茶必用的罐裝黑白淡奶，實在是久違了。我像自動導航一般的自動轉向，趨近小店，店門上貼着一張手寫的A2廣告：「正宗香式口味，絲襪奶茶，冰火菠蘿油，熱賣！」

我想也不想，拉門進去，向掌店的少女問：「係唔係賣正宗嘅港式絲襪奶茶？」

「係呀，你要凍定熱？走甜定少甜？」

後記

梁科慶

2020 年我開始為《Q版特工》寫一組新的三部曲，姑且稱為 Q40.5、Q41、Q42，大概共二十萬字，合起來，可以出一部大書。

Q40.5 寫得最快，兩個月左右完成，可惜暫時沒機會出版。而 Q41，即這本《柒里香》。

鄭重一提，柒是七的大寫，我讀小學時上書法課，要練寫毛筆字：零壹貳叁肆伍陸柒捌玖拾佰仟萬，所以，請別受某人的渾名影響，以為柒是粗口。我一向不寫粗口。至於 Q42，到現在寫了一半，完成後即交給出版社。

三（部曲）缺一，本來並不理想，幸而《Q版特工》的特色是每冊故事獨

立，獨立閱讀亦無損樂趣，我把 Q41 的初稿傳給殷培基老師，請他賜序，他沒看過 Q40.5，光讀 Q41 已大呼「過癮」。我希望大家也喜歡 Q41。喜歡的朋友，請在網上的書迷會給我一句簡單的留言，例如好看、過癮，已經足夠，不必追問 Q40.5 何時出版，也不必討論 Q41 角色人物的原型是誰，大家覺得是誰就是誰，我們心照不宣 :)。